Doutor Glas

Hjalmar Söderberg

Doutor Glas

Hjalmar Söderberg

Tradução
Guilherme da Silva Braga

1ª edição

Curitiba
2014

12 DE JUNHO

Nunca vi um verão como este. Canícula desde o meio de maio. Durante o dia inteiro uma espessa névoa de poeira paira sobre as ruas e as praças.

A primeira oportunidade para se viver um pouco chega com o entardecer. Acabei de dar um passeio vespertino, como faço quase todos os dias após visitar meus pacientes, que são poucos durante o verão. Um vento suave e constante sopra do oriente, a névoa se dissipa, aos poucos se afasta e por fim transforma-se em um longo véu de fazenda vermelha no ocidente. Já não se ouve mais o barulho das carroças, apenas um coche de vez em quando e o bonde que passa. Saio caminhando sem pressa, encontro eventualmente um conhecido e me detenho para conversar um pouco numa esquina. Mas por que eu haveria de encontrar repetidas vezes o pastor Gregorius? Não posso ver esse homem sem pensar numa anedota que certa vez ouvi a respeito de Schopenhauer. O austero filósofo estava sentado em um canto no café que tinha o hábito de frequentar, sozinho como de costume; de repente a porta se abre e um homem de aparência desagradável entra no recinto. Schopenhauer observa-o com o semblante desfigurado pela repulsa e pelo horror, põe-se de pé num sobressalto e começa a golpear a cabeça do sujeito com a bengala. O motivo era simplesmente a aparência dele.

Quanto a mim, não sou nenhum Schopenhauer; mas em

Doutor Glas 5

Vasabron avistei o pastor vindo ao longe em minha direção, detive-me às pressas e pus-me a apreciar a vista com os braços apoiados na balaustrada da ponte. As casas cinzentas de Helgeandsholmen, a velha e estragada arquitetura gótica em madeira da sauna que se refletia aos pedaços na água corrente, os grandes salgueiros que mergulhavam as folhas na correnteza. Eu tinha a esperança de que o pastor não tivesse me visto e de que tampouco reconhecesse as minhas costas, e eu mesmo já quase o tinha esquecido quando de repente o vi ao meu lado com os braços apoiados na balaustrada da ponte, como eu, e a cabeça enviesada — na mesma postura que tinha adotado vinte anos atrás na Jakobs Kyrka, quando me sentei no banco da família ao lado da minha saudosa mãe e vi pela primeira vez aquela fisionomia pavorosa brotar no púlpito como um cogumelo monstruoso e dizer "Abba, pai querido". O mesmo rosto gordo e encardido, as mesmas suíças amareladas, agora talvez um pouco mais grisalhas, e o mesmo olhar inconcebivelmente mau por trás dos óculos. Era impossível escapar, afinal sou o médico do pastor, como também de tanta outra gente, e às vezes ele me procura por causa das dores. — Boa tarde, pastor, como vai? — Não muito bem, para dizer a verdade, não muito bem; meu coração vai mal, tem sofrido com arritmias e às vezes acho que chega a parar durante a noite. — Muito me alegra, pensei, tomara que o senhor morra, velho pilantra, assim nunca mais preciso vê-lo! Além do mais, o senhor tem uma esposa jovem e bonita e provavelmente está desgraçando a vida da coitada, e quando morrer ela poderá casar-se outra vez com um homem mais digno. Mas em voz alta eu disse: ora, não diga! Talvez seja bom o senhor aparecer no meu consultório um dia desses para uma averiguação. Mas o pastor tinha muitos outros assuntos, muitas outras coisas importantes a dizer: está fazendo um calor simplesmente anormal, e é uma estupidez construir um parlamento enorme naquela ilha, e além do mais a minha esposa não anda muito bem de saúde.

Por fim o pastor foi embora e segui o meu caminho. Cheguei à cidade antiga, andei por Storkyrkobrinken, entrei pelas ruelas. Um crepúsculo abafado em meio às passagens estreitas por entre as casas, e estranhas sombras ao longo das paredes, sombras que nunca se veem em nosso quarteirão.

— — — A sra. Gregorius. Foi um tanto estranha a visita que me fez nesses últimos tempos. Ela foi à minha clínica; vi muito bem quando chegou e sei que havia tempo de sobra, mas ela esperou até o último horário e deixou outros pacientes, que haviam chegado depois, passarem na frente. Por fim entrou. Ela tinha o rosto afogueado e gaguejava. Passado um tempo deu a entender que estava com dor de garganta. Já tinha melhorado um pouco. — Mas eu volto amanhã, disse-me; estou com muita pressa agora…

Ela ainda não retornou.

Saí das ruelas, desci até Skeppsbron. A lua pairava acima de Skeppsholmen, amarelo-limão com o azul do céu ao fundo. Porém meu estado de espírito leve e tranquilo tinha desaparecido; o encontro com o pastor havia-o destruído. Ah, que possam existir no mundo pessoas como ele! Quem não se recorda do velho problema tantas vezes debatido quando um bando de pobres-diabos se reúne na mesa de um café: se fosse possível matar um mandarim chinês apertando um botão na parede, ou simplesmente através de

Doutor Glas 7

um ato de vontade, e assim herdar todas as suas riquezas — você o mataria? Nunca consegui responder a essa pergunta, talvez porque eu nunca tenha sentido de perto a penúria e a amargura da pobreza. Mas acho que se eu pudesse matar aquele pastor apertando um botão na parede eu não hesitaria.

Quando voltei para casa em meio ao crepúsculo anormal e pálido, o calor pareceu-me tão opressivo quanto em pleno meio-dia, como se estivesse saturado de angústia; as nuvens vermelhas que pairavam em camadas para além das chaminés das fábricas em Kungsholmen haviam se tornado negras e mais pareciam desastres adormecidos. Segui para casa a passos largos e desci até Klara Kyrka com o chapéu na mão, pois o suor brotava da minha testa. Nem mesmo sob as árvores frondosas do cemitério podia-se encontrar refresco, mas em quase todos os bancos havia casais aos sussurros, alguns sentados no colo uns dos outros enquanto se beijavam com os olhos ébrios.

*

Sento-me junto à janela aberta e escrevo estas palavras — mas para quem? Não é para nenhum amigo e para nenhuma amiga, e dificilmente seria para mim, porque não leio hoje o que escrevi ontem, e tampouco hei de ler amanhã. Escrevo para exercitar a mão, visto que meus pensamentos exercitam-se por conta própria; escrevo para matar o tempo insone. Por que não consigo dormir? Não cometi nenhum crime.

*

O que escrevo nestas páginas não é nenhuma confissão; pois a quem eu haveria de me confessar? Não conto tudo a meu respeito. Conto apenas o que me agrada contar; mas não digo nada que não seja verdade. Não posso, contudo, afastar com mentiras a miséria de minh'alma, caso esteja miserável.

*

Lá fora a enorme noite azul paira sobre as árvores do cemitério. A cidade está quieta agora, tão quieta que os suspiros e sussurros das sombras lá embaixo chegam até aqui em cima, e de repente uma risada atrevida quebrou o silêncio. Sinto como se nesse instante não houvesse no mundo ninguém mais solitário do que eu. Eu, o médico doutor Tyko Gabriel Glas, que por vezes ajuda os outros mas jamais conseguiu ajudar a si mesmo, e que aos trinta e três anos nunca esteve próximo de uma mulher.

14 DE JUNHO

Que profissão! Como foi que, dentre todas as ocupações possíveis, escolhi justamente a que menos me convinha? Das duas, uma: ou um médico é filantropo ou sedento por honrarias. — E, de fato, eu me achava as duas coisas na época.

Hoje mais uma vez apareceu aqui uma mulherzinha que

chorou e pediu e implorou para que eu a ajudasse. Eu a conheço há muitos anos. É casada com um funcionário modesto que deve ganhar cerca de quatro mil coroas por ano e tem três filhos. As crianças vieram uma atrás da outra nos três primeiros anos. Depois ela foi poupada durante cinco ou seis anos, recuperou um pouco a saúde e a disposição e a juventude, e nesse tempo conseguiu pôr ordem na casa, reerguer-se após tantas dificuldades. O pão é escasso, claro, mas parece que não chega a faltar. — E de repente surge uma desgraça.

Ela mal conseguia falar em meio ao pranto.

Naturalmente, respondi com o discurso habitual, que sempre faço em casos semelhantes: meu dever como médico e a proteção da vida humana, mesmo na forma mais frágil.

Falei com seriedade e convicção. No fim ela teve que partir, humilhada, confusa, desesperada.

Fiz uma anotação sobre o caso; era o décimo oitavo na minha prática, e eu não era sequer ginecologista.

Nunca vou esquecer a primeira vez. Era uma moça que tinha por volta de vinte e dois anos; uma beldade jovem, de cabelos pretos e com um toque de vulgaridade. Via-se no mesmo instante que era uma mulher das que deviam ter enchido o planeta na época de Lutero, caso tivesse razão quando escreveu que é tão impossível para uma mulher viver sem um homem como seria morder o próprio nariz. Sangue grosso e burguês. O pai era um comerciante abastado; eu era o médico da família, e foi esse o motivo que a levou até mim. Estava perturbada e fora de si, mas não parecia muito tímida.

— Salve-me, pedia, salve-me! Respondi mencionando o

meu dever etc., mas ficou claro que ela não havia compreendido. Expliquei então que a lei não fazia exceções à leviandade nesses casos. — Que lei? Ela me encarou com um olhar inquisitivo. Aconselhei-a a se confessar com a mãe: depois ela daria a notícia ao pai e em seguida viria a celebração do casamento. — Ah, não, o meu noivo não tem nada, e o meu pai nunca me perdoaria! Os dois não eram noivos, ela tinha dito "noivo" simplesmente porque não lhe havia ocorrido nenhuma outra palavra; "amante" é uma palavra romanesca que parece indecente numa conversa. — Salve-me, por favor, tenha piedade! Não sei mais o que fazer! Vou me atirar nas águas do Norrström!

Fiquei um pouco impaciente. Ela tampouco inspirava compaixão; essas coisas sempre se arranjam quando se tem dinheiro. A única diferença é que o orgulho sofre um pouco. A moça fungou, assoou o nariz e pôs-se a falar de maneira confusa, e por fim se atirou ao chão e começou a debater-se e a gritar.

Ora, tudo acabou como eu tinha imaginado; o pai, um canalha grosseiro, deu-lhe umas bofetadas, casou-a o mais depressa possível com o cúmplice e mandou os dois para longe em lua de mel.

Casos como esse nunca me preocuparam. Mas hoje me senti mal por causa da mulherzinha pálida. Tanto sofrimento, tanta miséria, tão poucos prazeres!

O respeito pela vida humana — o que são essas palavras na minha boca senão uma hipocrisia vil, e o que mais poderiam ser para alguém que de vez em quando passa um momento de ócio a pensar? O mundo pulula de vida humana. Em relação a vidas humanas desconhecidas, ignoradas ou invisíveis, ninguém jamais demonstrou a sério a menor consideração, a não ser talvez por certos filantropos particularmente tolos. É o que as pessoas demonstram através das ações. É o que todos os governos e parlamentos do mundo demonstram.

Quanto ao dever — que refúgio extraordinário para furtar-se a fazer o que deve ser feito!

Mas não se pode arriscar tudo — a posição social, o prestígio e o futuro — para ajudar estranhos e pessoas às quais se é indiferente. Contar com a discrição alheia seria uma puerilidade. Quando uma amiga se visse no mesmo dilema, uma palavra sussurrada diria onde encontrar ajuda, e logo a notícia haveria de espalhar-se. Não, melhor aferrar-se ao dever, mesmo que seja uma cortina pintada, como os vilarejos de Potemkin. Meu único temor é que no fim essas repetições constantes do meu discurso sobre o dever levem-me a acreditar no que digo. Potemkin enganou somente a imperatriz — quão mais desprezível seria trair-se a si próprio?

*

Posição social, prestígio, futuro. Como se a qualquer dia e a qualquer hora eu não estivesse disposto a despachar todos esses pacotes a bordo do primeiro navio que aparecesse carregado de ação!

Ação de verdade.

15 DE JUNHO

Mais uma vez estou sentado junto à janela; a noite azul vela lá fora e ouvem-se sussurros e farfalhares debaixo das árvores.

Hoje à noite vi um casal durante o meu passeio vespertino. Reconheci a mulher de imediato. Não faz muitos anos que eu dançava com ela nos bailes, e não esqueci que toda vez que eu a via ela me dava uma noite insone de presente. Mas ela não sabia de nada a esse respeito. Ainda não era mulher na época. Era virgem. Ela era um sonho tornado realidade: o sonho do homem em relação à mulher.

Agora caminhava pela rua de braço dado com o marido. Vestida com roupas mais caras do que antes, mas também mais vulgar, mais burguesa; o olhar havia se apagado e se consumido, mas era ao mesmo tempo a expressão de uma esposa satisfeita, como se diante de si carregasse a própria barriga em uma salva de prata.

Não, eu não entendo. Por que tem de ser assim, por que tem de ser sempre assim? Por que o amor tem de ser o tesouro do *troll,* que no dia seguinte se transforma em folhas secas, em sujeira ou em sopa de cerveja? Do anseio humano pelo amor nasceu toda essa faceta da nossa cultura, que não conduz diretamente à saciedade da fome nem à proteção contra os inimigos. Nosso ideal do belo não tem nenhuma outra origem. Toda arte, toda poesia, toda música bebeu dessa fonte. A vulgar pintura moderna, assim como as madonas de Rafael e as pequenas trabalhadoras parisienses de Steinlein, "O anjo da morte", assim como o *Cântico dos cânticos* e o *Buch der Lieder,* o coral e a valsa vienense, enfim, cada bibelô de gesso na casa vulgar onde moro, cada desenho no tapete, as formas no vaso de porcelana e os padrões no meu lenço de pescoço, tudo que se presta a enfeitar e a embelezar, independente de resultar em sucesso ou em fracasso, tem origem nessa fonte, ainda que possa ter feito muitos desvios ao longo do caminho. E não se trata de um simples devaneio noturno de minha parte — tudo já foi provado centenas de vezes.

Porém essa fonte não se chama amor, mas antes sonho de amor.

Por outro lado, tudo o que está atrelado à realização desse sonho, à satisfação desse impulso, e que surge como consequência desses atos, parece, aos nossos instintos mais profundos, feio e indecente. Essa afirmação não pode ser provada, é apenas um sentimento: o meu sentimento, embora eu ache que no fundo seja o sentimento de todos. As pessoas sempre tratam as histórias de amor umas das outras como acontecimentos vulgares ou cômicos, e muitas vezes não abrem exceções sequer ao falar de si. Quanto às consequências... Uma mulher grávida inspira horror. Um recém-nascido causa repulsa. Poucas vezes um leito de morte causa uma impressão tão pavorosa quanto o nascimento de uma criança, uma terrível sinfonia de gritos, sujeira e sangue.

Mas acima de tudo existe o ato em si. Jamais vou me esquecer de quando, ainda na minha infância, ouvi pela primeira vez um colega me explicar debaixo de uma das grandes castanheiras no pátio da escola "como funcionava". Eu não queria acreditar; foi preciso que vários outros garotos aparecessem para confirmar e rir da minha estupidez; mesmo assim, mal pude acreditar, e saí correndo, tomado de fúria. Seria possível que o meu pai e a minha mãe tivessem feito aquilo? E será que eu mesmo viria a fazer aquilo quando fosse grande? Será que não havia escapatória?

Eu sempre tinha sentido um profundo desprezo pelos garotos maus, que costumavam escrever palavrões nas paredes e nos murais. Mas naquele instante foi como se o próprio Deus tivesse escrito um palavrão no céu azul da primavera, e a bem dizer acho que foi a partir daquele instante que comecei a me perguntar se de fato haveria um deus.

Nunca consegui me recuperar por completo da surpresa. Por que a vida de nossa estirpe tinha de ser preservada, e o nosso desejo saciado, justamente através de um órgão que usamos diversas vezes ao dia como um cano de descarga para impurezas? Por que não poderia acontecer mediante um ato revestido de valor e de beleza, bem como da mais elevada volúpia? Um ato que pudesse ser consumado na igreja, perante os olhares de todos, bem como na escuridão e na solitude? Ou em um templo de rosas no meio do sol, acompanhado pelo canto de corais e pela dança dos convidados?

*

Não sei há quanto tempo estou andando de um lado para o outro no quarto.

Doutor Glas 15

Lá fora o dia começa a raiar, o galo da igreja reluz no oriente, os pardais gorjeiam famintos.

É estranho que o ar sempre estremeça pouco antes do nascer do sol.

18 DE JUNHO

Hoje a temperatura estava um pouco mais amena; saí a cavalgar pela primeira vez em mais de um mês.

Que manhã! Eu tinha me deitado cedo na noite anterior e dormido a noite inteira. Nunca durmo sem sonhar, mas os sonhos dessa noite foram azuis e suaves. Cavalguei em direção a Haga, ao redor do templo do eco, para além dos pavilhões de cobre. Orvalho e teias de aranha sobre todas as moitas e arbustos e um grande farfalhar por entre as árvores. Deva estava no melhor humor, a terra dançava sob os nossos pés, jovem e sadia como estava no domingo da criação. Cheguei a uma pequena estalagem que frequentei durante as minhas cavalgadas matinais na primavera passada. Sentei e bebi uma garrafa de cerveja num único gole, e então peguei a garota de olhos castanhos pela cintura, fiz com que desse uma volta, beijei-lhe os cabelos e parti. Como diz a canção.

19 DE JUNHO

Enfim a sra. Gregorius. Veio falar sobre o assunto. De fato, é um tanto estranho.

Desta vez chegou tarde; o horário de atendimento já tinha acabado e ela estava sozinha na sala de espera.

Aproximou-se de mim, deveras pálida, cumprimentou-me e ficou parada no meio do consultório. Fiz um gesto em direção a uma cadeira, mas ela continuou de pé.

— Eu menti da última vez, disse. Não estou doente: minha saúde está ótima. Eu queria tratar de outro assunto com o senhor, mas simplesmente não consegui.

Uma carroça de cerveja arrastava-se pela rua lá embaixo; fechei a janela, e no silêncio momentâneo que se fez eu a ouvia dizer com a voz contida e apressada, porém com o tremor do choro nas palavras:

— Eu sinto uma repulsa tremenda pelo meu marido.

Eu estava de costas para o forno. Inclinei a cabeça a fim de sinalizar que tinha escutado.

— Não como pessoa, a sra. Gregorius prosseguiu. Ele sempre foi bom e amistoso no trato comigo; nunca me disse uma palavra dura. Mas ele me inspira um desgosto terrível.

Ela tomou um longo fôlego.

— Não sei como falar, disse. O que pensei em pedir ao senhor é muito estranho. E talvez seja contrário ao que o senhor julgue ser justo. Para dizer a verdade, não sei que opinião o senhor tem em

Doutor Glas 17

relação a esses assuntos. Mas por algum motivo o senhor me inspira confiança, e não conheço nenhuma outra pessoa a quem eu pudesse fazer uma confidência nesse caso, nenhuma outra pessoa no mundo que pudesse me ajudar. Será que o senhor não poderia falar com o meu marido? Será que o senhor não poderia dizer que sofro de uma doença, uma moléstia do útero, e que ele não deve reivindicar os direitos que tem como marido, ao menos por um tempo?

Direitos. Levei a mão à testa. O sangue me sobe à cabeça toda vez que ouço a palavra empregada nesse sentido. Deus do céu, o que se passava na cabeça das pessoas quando decidiram fazer dessas coisas direitos e deveres?

No mesmo instante ficou claro para mim que nesse caso eu teria de ajudar se pudesse. Mas na hora não me ocorreu dizer nada; eu queria ouvi-la falar mais. Também pode ser que a minha solidariedade estivesse misturada a uma dose de pura e simples curiosidade.

— Desculpe-me a pergunta, sra. Gregorius, mas há quanto tempo a senhora é casada?

— Há seis anos.

— E o que a senhora chamou de... direitos do seu marido... foi sempre difícil assim?

Ela enrubesceu um pouco.

— Sempre foi difícil, disse. Mas nos últimos tempos tem sido insuportável. Simplesmente não consigo mais, e não sei o que vai ser de mim se continuar assim.

— Mas o pastor já não é mais jovem, ponderei. Espanta-me saber que nessa idade ainda causa tanto... aborrecimento à senhora. Que idade ele tem?

— Cinquenta e seis, eu acho… Não, talvez cinquenta e sete. Mas de fato parece mais velho.

— Diga-me, sra. Gregorius… a senhora nunca falou com ele a respeito disso? Nunca explicou o quanto a incomoda, nunca pediu de maneira amistosa que a poupasse?

— Sim, uma vez eu pedi. Mas ele me respondeu com uma admoestação. Disse que não tínhamos como saber se Deus não tinha por desígnio nos dar um filho, mesmo que não tenhamos nenhum até agora, e que portanto seria um grave pecado parar de fazer o que Deus quer que façamos para ter um filho… E talvez ele tivesse razão. Mas é muito difícil para mim.

Não pude conter um sorriso. Que velho canalha!

A sra. Gregorius percebeu o meu sorriso, mas acho que o compreendeu de maneira equivocada. Manteve-se calada por um instante, como se estivesse pensando; então voltou a falar, com a voz baixa e trêmula, enquanto o rubor revelava-se cada vez mais em sua tez.

— Não, o senhor precisa saber de tudo, disse ela. Talvez já tenha adivinhado, talvez já tenha percebido o que acontece. Se peço que o senhor minta por mim, então devo ao menos ser sincera. Julgue-me como o senhor quiser. Eu sou uma esposa infiel. Pertenço a outro homem. Por isso tudo ficou tão difícil para mim.

Ela evitou o meu olhar enquanto dizia essas palavras. Mas eu — eu a vi pela primeira vez naquele instante. Naquele instante eu vi, pela primeira vez, que havia uma mulher no meu consultório, uma mulher com o coração repleto de volúpia e miséria, uma jovem na flor da idade que tinha ao redor de si o perfume do amor e ruborizava ao perceber que esse perfume era tão forte e tão marcante.

Doutor Glas 19

Notei que empalideci.

Por fim ela levantou o rosto e encontrou os meus olhos. Não sei o que imaginou ler neles, mas não conseguiu manter-se de pé por muito tempo e logo desabou em cima de uma cadeira, num acesso de choro convulsivo. Talvez acreditasse que eu encarava toda aquela situação como uma frivolidade, talvez acreditasse também que eu fosse um homem indiferente e severo e que havia se revelado a um estranho sem nenhum proveito.

Aproximei-me dela, tomei-lhe a mão e a afaguei devagar: escute-me, não chore, a senhora não precisa mais chorar. Eu vou ajudá-la. Prometo.

— Obrigada, obrigada…

Ela beijou a minha mão, umedeceu-a com as lágrimas do rosto. Apenas mais uma fungada violenta e então se abriu um sorriso em meio ao pranto.

Também me vi obrigado a sorrir.

— Mas a senhora foi tola ao me contar a última parte, eu disse. Não porque deva temer que eu vá fazer mau uso dessa confidência; mas essas coisas devem permanecer ocultas. Sempre, sem exceção, pelo maior tempo possível. E naturalmente eu a teria ajudado mesmo assim.

Ela respondeu:

— Eu *queria* falar. Eu queria que alguém que admiro e por quem tenho grande estima soubesse e mesmo assim não me desprezasse.

Então veio uma longa história: cerca de um ano atrás ela tinha escutado uma conversa minha com o marido dela — o pastor estava sentindo-se mal e fiz-lhe uma visita. A certa altura começamos a falar sobre prostituição. A sra. Gregorius recordava tudo o que eu havia dito e repetiu tudo para mim — era uma ideia simples e comum; eu tinha dito apenas que as pobres moças caídas na desgraça também eram gente e deviam ser tratadas como gente etc. Mas a sra. Gregorius nunca tinha ouvido alguém externar aquela opinião. Desde então tinha passado a me admirar, e por esse motivo decidiu fazer-me a confidência.

Eu tinha me esquecido de tudo, absolutamente tudo... O que a neve esconde, o degelo revela.

Prometi que eu falaria com o marido naquele mesmo dia, e ela foi embora. Mas tinha esquecido as luvas e a sombrinha, então voltou, pegou-as e desapareceu uma vez mais. Ela parecia radiante e iluminada, alegre e entusiasmada como uma menina que tem um capricho atendido e espera divertir-se à farta.

*

Fui até lá durante a tarde. Ela o havia prevenido; tudo fora combinado. Tive uma conversa particular com o pastor. O semblante dele parecia ainda mais cinzento do que o habitual.

— Muito bem, ele disse, a minha esposa já me informou acerca da situação. Não sei nem como dizer o quanto lamento por ela. Nunca deixamos de nutrir a esperança de ter um filho. Mas não quero saber de quartos separados, e nesse respeito vou ser enfático. É muito estranho nos círculos que frequentamos, e daria azo a rumores. Além do mais, estou velho.

O pastor deu um tossido seco.

— Bem, prossegui, não tenho dúvidas de que o senhor preza

Doutor Glas 21

a saúde da sua esposa acima de qualquer outra coisa. Além do mais, confio em que ainda possamos vê-la gozar de boa saúde.

— É o que peço a Deus, o pastor respondeu. Mas quanto tempo o senhor acha que pode levar, doutor?

— É difícil dizer. Mas com certeza vão ser necessários pelo menos seis meses de abstinência completa. Depois podemos fazer outra avaliação…

O pastor tem duas manchas marrons de aspecto sujo no rosto; elas tornaram-se ainda mais escuras e aparentes na tez pálida, e os olhos deram a impressão de murchar.

*

O pastor já fora casado antes; pena que a primeira esposa tenha morrido! No estúdio dele havia um retrato dela em giz preto: uma garota vulgar, ossuda e "devota", que lembrava um pouco Katarina von Bora.

Com certeza era a companhia ideal para o pastor. Pena que tenha morrido!

21 DE JUNHO

Quem seria o felizardo? Eis o que eu vinha me perguntando desde anteontem.

É estranho que eu tenha descoberto tão depressa, e que seja um rapaz que conheço, mesmo que apenas de vista. Era Klas Recke.

De fato, não existe maneira de compará-lo ao pastor Gregorius.

Eu os encontrei ainda há pouco, durante o meu passeio vespertino. Eu andava sem rumo pelas ruas no entardecer quente e rosado, andava e pensava naquela mulherzinha que tinha ido ao meu consultório. Penso nela com frequência. Entrei numa ruela vazia — e de repente os vi se aproximando em minha direção. Os dois saíram de um portão. Puxei depressa o lenço e assoei o nariz para esconder o rosto. A bem dizer, não seria necessário; ele mal me conhece, e ela não me viu, pois estava cega de felicidade.

22 DE JUNHO

Estou sentado, lendo e relendo a página que escrevi ontem à tarde, e pergunto a mim mesmo: então, velho amigo, você tornou-se de fato um proxeneta?

Absurdo. Eu simplesmente a libertei de um horror. Senti que era o meu *dever*.

O que ela faz consigo própria diz respeito tão somente a si.

23 DE JUNHO

Solstício de verão. Noite clara e azul. Lembro-me de ti na minha infância e na minha juventude como a mais leve, a mais vertiginosa, a mais fresca de todas as noites do ano; por que estás hoje tão sufocante e tão angustiada?

Estou sentado à janela, meditando sobre a minha vida, tentando entender o motivo que a levou a tomar um rumo tão diferente, tão distante do caminho trilhado por todas as outras pessoas.

Deixe-me pensar.

Agora há pouco, quando atravessei o cemitério a caminho de casa, presenciei mais uma vez uma dessas cenas que, segundo os moralistas da imprensa, desafiam qualquer tentativa de descrição. É evidente que o impulso capaz de levar aquelas pobres criaturas a despertar a ira generalizada em pleno cemitério deve ser infinitamente poderoso e irresistível. Esse impulso leva pessoas levianas a perpetrar toda sorte de loucura, e leva pessoas razoáveis e honradas a submeter-se voluntariamente a grandes privações e a grandes renúncias de outra natureza. Também leva as mulheres a vencer o sentimento de timidez que toda a educação feminina, ao longo de várias gerações, tratou de incutir e fortalecer, a suportar terríveis sofrimentos físicos e muitas vezes a lançar-se de cabeça rumo à mais profunda miséria.

Apenas no meu caso não me levou a fazer o que quer que fosse. Como pode?

Meus sentidos despertaram tarde, num momento em que a minha vontade já era a vontade de um homem. Eu era muito ambicioso quando menino. Acostumei-me depressa a controlar meus impulsos, a diferenciar a minha vontade profunda e constante dos caprichos volúveis, das vontades passageiras; a ouvir uma dessas vozes e a desprezar a outra. Desde então notei que esta é uma característica um tanto rara entre as pessoas, talvez mais rara do que o talento ou o gênio, e às vezes me ocorre que eu devia ter me tornado uma pessoa excêntrica e importante. Eu também era um dos grandes luminares na escola; sempre o mais jovem da classe, fui admitido na universidade aos quinze anos e recebi o diploma de medicina aos vinte e três. Mas então parei. Não estudei nenhuma especialidade, não defendi nenhuma tese. As pessoas queriam me emprestar dinheiro, praticamente quanto eu quisesse; mas eu estava farto. Não tinha nenhuma vontade de me especializar ainda mais, queria apenas ganhar o meu pão. A ambição do aluno em busca de notas altas tinha arrefecido e morrido e, por estranho que parecesse, não foi substituída pela ambição de um homem. Acho que coincidiu com o momento em que comecei a pensar. Antes eu não tinha tempo.

Mas durante todo esse tempo os meus impulsos estavam adormecidos e conseguiam manifestar-se somente através de sonhos e desejos, como acontece às moças, porém sem a força e a atração que exercem sobre outros rapazes. Mesmo que por vezes sucedesse-me passar a noite em claro em meio a fantasias ardentes, sempre me pareceu impensável buscar satisfação nas mulheres que meus companheiros visitavam, mulheres que eventualmente me eram apontadas com o dedo nas ruas e que me pareciam repulsivas. Também esse detalhe possa ter contribuído para que a minha fantasia sempre se desenvolvesse sozinha e por contra própria, sem praticamente nenhum contato com a dos meus companheiros. Afinal, eu era muito mais jovem e no início não entendia nada quando falavam sobre esses assuntos e, como nada entendesse, acostumei-me a não escutar. Assim continuei "puro". Não travei conhecimento sequer com os pecados típicos da juventude, e mal sabia no que consistiam. Eu não tinha nenhuma crença religiosa a me refrear, mas sonhava com o amor; eram sonhos belíssimos, e eu vivia na certeza de que um dia haviam de realizar-se. Eu não queria vender a minha primogenitura por um prato de lentilhas, não queria sujar o meu barrete.

Meus sonhos de amor — outrora me pareciam tão próximos, tão próximos de tornar-se realidade! Solstício de verão, noite estranha e pálida, sempre tornas a despertar essa lembrança — a lembrança que a bem dizer é a única da minha vida, e a única que há de restar quando todo o resto for a pique e se transformar em pó e em nada. Mesmo assim, o que aconteceu foi de todo insignificante. Eu estava na fazenda do meu tio durante as férias de verão. O lugar estava cheio de juventude, danças e brincadeiras. Entre os mais jovens havia uma garota que eu já tinha encontrado outras vezes nas festas de família. Eu nunca tinha pensado muito a respeito dela até então, mas quando a vi naquele lugar relembrei o que um amigo tinha me dito certa vez em uma festa: os olhos daquela garota brilham quando ela olha para você, e ela passou olhando para você a tarde inteira. Lembrei-me do acontecido naquele instante, e mesmo que eu não tivesse acreditado então, o resultado foi que comecei a olhar para ela mais do que talvez fosse olhar de outra forma, e assim percebi que às vezes ela também olhava para mim. Talvez não fosse mais bonita do que muitas outras garotas, mas estava na flor dos vinte anos, e trazia uma camisa branca e fina sobre o jovem busto. Dançamos algumas vezes um com o outro ao redor do mastro. Perto da meia-noite subimos todos juntos em uma montanha para apreciar a vista e acender uma fogueira, e a ideia era permanecer lá em cima até o nascer do sol. O caminho passava por entre altos pinheiros; andávamos em pares, e eu estava com ela. Quando tropeçou em uma raiz na escuridão da floresta, eu lhe estendi a mão, e uma onda de alegria varou-me o corpo quando senti aquela mãozinha firme, macia e quente na minha, e continuei a estreitá-la mesmo quando o caminho tornou-se regular e fácil. Sobre o que falamos? Não sei, e sequer uma palavra conservou-se em minha lembrança; recordo apenas que na voz e nas palavras dela havia a corrente oculta de uma entrega silenciosa e decidida, como se andar de mãos dadas comigo pela floresta fosse um sonho que tivesse acalentado por muito tempo. Chegando ao alto da montanha vimos que outros tinham chegado antes de nós e acendido a fogueira, e então nos espalhamos em grupos e em pares aqui e acolá. Em outras alturas e em outras montanhas ardiam outros fogos. Acima de nós o céu pairava claro e azul; abaixo espalhavam-se as baías e os estreitos e a vasta extensão d'água, profunda e reluzente com o gelo. Durante todo esse tempo continuei a segurar a mão dela, e pode ser que eu tenha me atrevido a acariciá-la devagar. Olhei discretamente para o rosto dela e percebi que a tez cintilava no palor da noite e os olhos estavam rasos de lágrimas, embora ela não estivesse chorando, pois a respiração permanecia regular e tranquila. Continuamos sentados em silêncio, mas dentro de mim ergueu-se uma música, acudiu-me uma velha canção, não sei por quê:

Um fogo queima, forte e claro — arde um fogo abrasador;
Será que devo entrar nas chamas e dançar com meu amor?

Permanecemos assim sentados por muito tempo. Alguns de nossos companheiros levantaram-se e foram para casa, e ouvi uma voz dizer: o oriente está coberto pelas nuvens; não vamos ver o nascer do sol. O bando na montanha aos poucos se dissipou, mas continuamos sentados, e por fim estávamos sozinhos. Olhei-a por muito tempo, e o tempo inteiro ela manteve os olhos fixos nos meus. Então tomei-lhe a cabeça entre minhas mãos e a beijei — um beijo leve e inocente. No mesmo instante uma voz a chamou, ela teve um sobressalto, desvencilhou-se e saiu correndo, correndo com pés ligeiros floresta afora.

Quando a alcancei ela já estava em meio aos outros, pude apertar-lhe a mão somente em silêncio, e ela também apertou a minha. No prado, as danças ao redor do mastro continuavam; as meninas, os criados e os jovens patrões estavam todos misturados uns aos outros, como de costume nessa noite do ano. Eu a tirei para dançar uma vez mais, e foi uma dança repleta de vertigem e desvario; já era dia claro, mas com o feitiço do solstício de verão ainda no ar toda a terra dançava ao nosso redor, e outros casais passavam deslizando por nós, ora bem mais para cima, ora bem mais para baixo; tudo subia e descia e girava ao nosso redor. Por fim saímos daquela voragem de dançarinos; não nos atrevemos a olhar nos olhos um do outro, mas afastamo-nos juntos sem dizer uma palavra e nos escondemos atrás de uma moita de lilases. Lá eu tornei a beijá-la. Mas naquele instante tudo estava transformado, a cabeça dela repousou no meu braço, ela fechou os olhos e aqueles lábios ganharam vida com o meu beijo. Levei a mão ao seio dela, e senti que pousou a mão sobre a minha — talvez a intenção fosse proteger-se, empurrar minha mão para longe, mas na verdade ela não fez senão apertá-la ainda mais forte contra o próprio seio. Durante todo esse tempo havia um brilho no rosto dela, a princípio tênue, depois mais forte, e por fim um clarão violento; ela abriu os olhos, mas teve de fechá-los mais uma vez, ofuscada, e quando nosso longo beijo chegou ao fim, permanecemos com os rostos colados e olhamos surpresos para o sol, que emergia por entre as nuvens do oriente.

Desde então nunca mais a vi. Faz dez anos que aconteceu — dez anos esta noite —, e ainda hoje me sinto doente e louco quando penso a respeito.

Não combinamos nenhum encontro no dia seguinte; a ideia simplesmente não nos ocorreu. Os pais dela moravam perto, e para nós parecia evidente que havíamos de nos encontrar e ficar juntos no dia seguinte, todos os dias, a vida inteira. Mas o dia seguinte trouxe chuva, passou-se sem que eu a visse, e à tarde precisei ir à cidade. Lá descobri, lendo o jornal dias mais tarde, que ela tinha morrido. Tinha se afogado enquanto banhava-se, junto com uma outra garota.

—— —— É, faz dez anos.

A princípio me senti arrasado. Mas eu de fato devia ter uma natureza forte. Continuei a trabalhar como antes, e no outono prestei meu exame. Mas eu também sofria. Eu pensava nela à noite, sempre. Imaginava o corpo branco em meio às algas e ao barro, flutuando ao ritmo das águas. Os olhos esbugalhados, e escancarada a boca que eu havia beijado. Depois vinham homens em um barco, com um gancho. E o gancho fisgava o seio dela, o mesmo seio tenro que a minha mão tinha ainda há pouco acariciado.

Passou-se um longo tempo até que eu voltasse a sentir que era um homem e que havia outras mulheres no mundo. Mas eu já estava indiferente. Eu tinha sentido uma faísca da grande chama, e estava mais do que nunca decidido a não me dar por satisfeito com um amor fajuto. Outros talvez fossem menos exigentes, mas esse detalhe não me diz respeito, e ademais não estou convencido de que tenha grande importância. Mas eu sentia que tinha importância para mim. E seria ingênuo acreditar que a vontade de um homem não poderia sobrepujar essas bagatelas, desde que existisse. Caro Martinho Lutero, digníssimo mestre do pastor Gregorius — que grandes pecados da carne não hás de ter cometido para falar tantas bobagens ao chegar naquele capítulo! Mesmo assim, foste mais sincero do que os teus seguidores hoje em dia, o que há de contar a teu favor.

Então os anos seguiram-se uns aos outros, e a vida passou. Vi muitas mulheres que tornaram a despertar meu anseio, mas essas mulheres jamais tiveram olhos para mim; era como se eu não existisse para elas. Como pode? Acho que hoje eu entendo. Uma mulher apaixonada tem na maneira de andar, na pele e em todo o ser um feitiço que me arrebata. Sempre foram essas as mulheres que despertaram meu desejo. Mas como amavam outros homens, não conseguiam me ver. Outras viam apenas a minha posição; afinal, eu tinha me formado médico ainda jovem e dado início a uma carreira promissora, e portanto era visto como excelente partido e sofri toda sorte de assédio. Mas todo esse esforço foi em vão.

Ah, os anos seguiram-se uns aos outros e a vida passou. Trabalho na minha vocação. As pessoas me procuram com doenças dos mais variados tipos e eu as trato da melhor forma possível. Uns recuperam a saúde, outros morrem, a maioria continua a se arrastar com as enfermidades. Não faço curas milagrosas; certos pacientes que não consegui ajudar buscaram o auxílio de curandeiros e de charlatães notórios e se curaram. Mas acredito que me veem como um médico ponderado e cauteloso. Logo vou ser um típico médico de família, com uma longa experiência e aquele olhar tranquilo que inspira confiança. Talvez as pessoas tivessem menos confiança em mim se descobrissem quão mal eu durmo.

Solstício de verão, noite clara e azul, outrora eras tão leve e vertiginosa e fresca — por que agora oprimes meu peito com essa angústia?

Doutor Glas 31

28 DE JUNHO

Na minha caminhada vespertina passei em frente ao Grand Hôtel; Klas Recke estava sentado em uma mesa na calçada, sozinho com um copo de uísque. Avancei mais alguns passos, dei meia-volta e me sentei numa mesa próxima a fim de observá-lo. Ele não me viu, ou então não quis me ver. A mulherzinha com certeza lhe contara a respeito da visita que me havia feito e do feliz resultado — imagino que tenha ficado agradecido por conta do que aconteceu, embora talvez um pouco desconfortável por saber que mais alguém era cúmplice do segredo. Permaneceu imóvel, olhando para a correnteza enquanto fumava um charuto comprido e fino.

Um menino passou vendendo jornais; comprei um exemplar do *Aftonblad* para usar como disfarce e comecei a observá-lo por cima da borda do papel. Mais uma vez ocorreu-me o mesmo pensamento que me assaltou quando o vi pela primeira vez, muitos anos atrás: por que aquele homem tinha justamente o rosto que eu deveria ter? Era mais ou menos aquele o aspecto que eu gostaria de ter, se pudesse escolher. Eu, que na época sofria amargamente por ser feio como o diabo. Hoje sou indiferente.

Poucas vezes vi um homem mais bonito. Olhos frios, cinza-claros, porém numa moldura que lhes confere um aspecto profundo e sonhador. Sobrancelhas totalmente retas e horizontais, que chegam até as têmporas; um cenho branco como o mármore, cabelos escuros e bastos. Mas na metade inferior do rosto a boca é a única parte realmente bonita; no mais observamse pequenas bizarrias, como o nariz assimétrico, a tez escura e com aspecto queimado — em suma, tudo o que é necessário para salvá-lo de uma beleza perfeita, que quase sempre inspira sentimentos de escárnio.

Como é a aparência daquele homem por dentro? Não faço a menor ideia. Sei apenas que o consideram uma mente privilegiada do ponto de vista das carreiras ordinárias, e se não me engano o vi mais vezes em companhia do superior no departamento onde trabalha do que com os camaradas da mesma idade.

Mil ideias passaram-me pela cabeça enquanto eu o observava, sentado com o olhar fixo no vazio — não mexia no copo, e o charuto aos poucos se apagava. Mil sonhos e fantasias antigos tornaram a despertar quando pensei na vida que aquele homem levava e a comparei com a minha. Muitas vezes eu disse para mim mesmo: o *desejo* é o que há de mais doce no mundo, e a única graça ainda capaz de conferir um brilho dourado a essa vida miserável; mas a satisfação do desejo não pode ser grande coisa a julgar por todos esses cônsules e cônsules-gerais que jamais se refreiam ao longo do caminho e que mesmo assim nunca despertaram a minha inveja. Mas quando vejo um homem como aquele, sinto uma inveja amarga no fundo de minh'alma. O problema que envenenou a minha juventude e que me oprime ainda hoje, na idade adulta, resolveu-se a si mesmo no caso de Klas Recke. Verdade que também se resolveu no caso de muitos outros, mas a solução do problema não me faz sentir in-

Doutor Glas 33

veja, porém antes repulsa, pois de outra forma também haveria de estar solucionado há muito tempo para mim. Mas o amor das mulheres parece ser-lhe desde o início um direito natural, e ele nunca teve de escolher entre a fome e a carne podre. Mal posso acreditar que alguma vez tenha tido a oportunidade de pensar com calma, que tenha tido tempo de deixar a reflexão derramar veneno no cálice. Ele é feliz, e eu o invejo.

E com um calafrio pensei também nela, em Helga Gregorius; pois no crepúsculo vi-lhe o olhar ébrio de felicidade. Os dois pertencem um ao outro; é a seleção natural. Quanto a Gregorius — por que ela haveria de arrastar consigo esse nome e esse homem ao longo da vida? Não faz nenhum sentido.

A noite começou a cair, e o brilho rubro no fim do entardecer tingiu de vermelho a fachada fuliginosa do palácio. As pessoas andavam pelas calçadas; eu ouvia as vozes; havia ianques magros cheios de gírias confusas, comerciantes judeus rotundos e cidadãos comuns que tinham na voz a nota satisfeita de uma tarde de sábado. Um que outro acenava a cabeça ao me ver e eu acenava a cabeça de volta; um que outro levantava o chapéu, e então eu levantava o chapéu. Um grupo de conhecidos acomodou-se na mesa bem ao lado: eram Martin Birck, Markel e um terceiro senhor que eu já tinha encontrado algumas vezes, mas cujo nome eu havia esquecido ou talvez jamais sabido — era muito calvo, e como antes eu o havia encontrado dentro de casa, reconheci-o apenas quando tirou o chapéu para me cumprimentar. Recke cumprimentou Markel com um aceno de cabeça, posto que os dois se conhecem, e em seguida

34 *Hjalmar Söderberg*

levantou-se para ir embora. Quando se aproximou da minha mesa, deu a impressão de me reconhecer e cumprimentou-me com a mais absoluta cortesia, embora com modos um pouco estranhos. Tratávamo-nos sem nenhuma formalidade em Uppsala, mas ele havia esquecido.

A companhia ao lado começou a falar sobre ele assim que se afastou, e eu ouvi o senhor calvo dirigir-se a Markel para indagar:

—Você que conhece esse Recke, supostamente um homem de futuro... dizem que é muito ambicioso.

Markel: — É, muito ambicioso... E se digo que Recke é ambicioso é por conta de nossa grande amizade, porque de outra forma seria mais preciso dizer que deseja subir na vida. A ambição é uma qualidade muito rara. Acostumamo-nos a chamar de ambicioso quem sonha em ser ministro. Mas o que significa ser ministro? Receber um salário idêntico ao de um pequeno comerciante sem ter forças para ajudar a própria família, e muito menos para levar a cabo as próprias ideias, caso existam. Naturalmente isso não impede que eu mesmo, por exemplo, queira ser ministro; é sempre uma posição mais confortável do que a minha — mas não se trata de ambição. É outra coisa. Na época em que era ambicioso eu tracei um plano detalhado para conquistar o mundo inteiro e ordenar todas as relações, de maneira que tudo fosse como deveria ser; e quando no fim tudo estivesse perfeito a ponto de quase tornar-se chato, eu pegaria todo o dinheiro que pudesse e empreenderia uma fuga, desapareceria numa cidade com milhões de habitantes e sentaria na esquina de um café para beber absinto e alegrar-me ao ver que tudo dava errado após a minha retirada… Mas de um jeito ou de outro eu gosto de Klas Recke porque ele é bonito, e também porque tem o raro talento de arranjar as coisas de maneira conveniente e agradável para si mesmo nesse vale de lágrimas.

Markel permanece sempre idêntico a si mesmo. Ele é um político num grande jornal e agora com frequência escreve artigos em tom de indignação que se propõem a ser lidos de maneira séria e que às vezes de fato merecem ser lidos assim. Tem a barba um pouco malfeita e os cabelos um poucos desgrenhados pela manhã, porém está sempre elegante à tarde, e é dono de um humor que se acende junto com os postes de iluminação pública. Ao lado dele, Birck permanecia sentado com o olhar perdido, trajando uma grande capa de chuva em pleno calor; enrolou-a ao redor do corpo com um gesto congelado.

Markel se virou para mim e perguntou em tom amistoso se eu gostaria de me juntar a um seleto grupo de velhos alcoólatras. Agradeci o convite e respondi que eu logo iria para casa. Era de fato a minha intenção, mas na verdade eu não sentia nenhum desejo de voltar para o meu quarto solitário e permaneci sentado mais um pouco ouvindo a música do Strömparterren, que atravessava em alto e bom som o silêncio da noite, e notei que o palácio espelhava as fileiras de janelas cegas e arregaladas na correnteza — mesmo que agora não haja correnteza alguma: a água está parada como um lago na floresta. E olhei para uma pequena estrela azul que tremeluzia acima de Rosenbad. Também ouvi a conversa na mesa ao lado. Falavam sobre as mulheres e o amor, e debatiam qual seria a condição mais importante para se divertir de verdade na companhia de uma mulher.

O senhor calvo disse: Que ela tenha dezesseis anos, tenha cabelos pretos e seja magra, e que tenha sangue quente.

Markel, com uma expressão sonhadora: Que ela seja gorda e rechonchuda.

Birck: Que ela goste de mim.

2 DE JULHO

Não — as coisas estão começando a ficar sombrias. Mais uma vez a sra. Gregorius apareceu no consultório hoje, às dez horas da manhã. Estava pálida e transtornada, e me fitava com olhos enormes. — Como vai a senhora?, perguntei inevitavelmente; o que aconteceu — aconteceu alguma coisa?

Ela respondeu a meia voz:

— Ontem à noite ele me violentou. Foi o mesmo que uma violação.

Sentei-me na poltrona da escrivaninha; meus dedos mexeram em uma caneta e uma folha de papel, como se eu fosse escrever uma receita. Ela sentou-se no canto do sofá. — Pobrezinha, eu disse, como que para mim mesmo. Não consegui pensar em nada para dizer.

Ela prosseguiu:

— Eu sirvo para ser espezinhada.

Calamo-nos por um instante, e então ela começou a me

Doutor Glas 37

narrar o acontecido. O pastor a acordou no meio da noite. Não conseguira dormir. Ele insistiu e implorou; ela chorou. O pastor alegou que a salvação da própria alma estava em jogo; não sabia que pecados terríveis seria capaz de cometer se ela não lhe fizesse a vontade. Era o dever dela como esposa, e o dever vinha antes da saúde. Deus havia de ajudá-los, Deus havia de curá-la no final.

Permaneci sentado, mudo de espanto.

— Então ele é um hipócrita? — perguntei.

— Eu não sei. Não, acho que não. Mas se acostumou a usar Deus como pretexto para tudo, da forma como melhor convém. É o que sempre fazem; como o senhor sabe, eu conheço muitos pastores. Eu os detesto. Mas ele não é nenhum hipócrita; pelo contrário: sempre teve a certeza de que a religião a que pertence é a verdadeira, e acredita que todos aqueles que a renegam são traidores, desgraçados que mentem com o intuito de levar os outros à ruína.

Ela falava de maneira contida, apenas com um discreto tremor na voz, e o que disse foi de certa forma surpreendente; eu não sabia que aquela pequena criatura feminil pensava, não sabia que era capaz de julgar um homem da maneira como fazia naquele instante, com distanciamento e clareza, muito embora devesse nutrir em relação ao pastor um ódio mortal, uma repulsa profunda. Senti essa repulsa e esse ódio no tremor da voz e em cada palavra, e também me deixei contaminar enquanto ouvia a conclusão do relato: ela quis se levantar, vestir-se, sair, andar pela rua durante a noite inteira até que o dia raiasse; mas o pastor a segurou, e ele era forte e não a largou mais —— ——

38 *Hjalmar Söderberg*

Senti meu corpo mais quente, uma palpitação nas têmporas. Ouvi dentro de mim uma voz tão clara que cheguei quase a temer que eu estivesse pensando em voz alta — uma voz que rosnava por entre os dentes: Cuidado, pastor! Prometi para essa mulherzinha que está comigo, essa pequena flor de mulher com madeixas claras e sedosas, que hei de protegê-la contra o senhor. Cuidado! A sua vida está nas minhas mãos se eu assim desejar; posso fazer com que a salvação venha antes do que o senhor gostaria. Cuidado, pastor! O senhor não me conhece; a minha consciência não se parece em nada com a sua; eu sou meu próprio juiz; sou um desses homens que o senhor nem imagina que existem!

Será que ela estaria de fato ouvindo meus pensamentos secretos? Um discreto estertor varou-me o corpo quando de repente a ouvi dizer:

— Eu seria capaz de matar aquele homem.

— Cara sra. Gregorius, eu respondi com um sorriso discreto, essa é naturalmente uma figura de linguagem, mas não devemos usá-la nem assim.

Estive a ponto de dizer: acima de tudo não devemos usá-la dessa forma.

Mas, para mudar de assunto, prossegui quase no mesmo fôlego, conte-me em que situação a senhora casou-se com o pastor Gregorius. Foi pressão dos pais, ou talvez uma paixão da época da confirmação?

Ela tremia como se estivesse a congelar.

— Não, nada disso, respondeu. Aconteceu de maneira um tanto estranha; não foi nada que o senhor possa adivinhar ou

Doutor Glas 39

compreender por si próprio. Mas eu estava apaixonada por ele, o que sempre conta. Não foi tampouco o encanto das meninas com o pastor da confirmação — em absoluto. Mas acho que posso contar e explicar tudo que aconteceu para o senhor.

Ela se ajeitou mais fundo na ponta do sofá e encolheu-se como uma garotinha. E depois de um olhar que me atravessou e fixou-se no vazio mais além, começou a falar.

— Fui muito feliz na minha infância e na minha primeira juventude. Esse período sempre me parece um conto de fadas quando penso a respeito. Todos gostavam de mim, e eu tinha um grande carinho por todos e sempre achava que eram pessoas boas. Mas depois veio aquela idade, o senhor bem sabe. No início não percebi nenhuma diferença; eu ainda me sentia feliz, e até mais feliz do que antes — até completar os meus vinte anos. As moças têm uma certa sensualidade também, como o senhor há de compreender, mas na primeira juventude isso não traz nada além de felicidade. Pelo menos comigo foi assim. O sangue cantava nos meus ouvidos, e eu também cantava — o tempo inteiro: cantava enquanto cuidava dos afazeres de casa, cantarolava quando saía pela rua… E eu estava sempre apaixonada. Cresci num lar muito religioso; mas eu não achava que trocar um beijo fosse um pecado grave. Quando eu me apaixonava por um rapaz e ele tentava me beijar, eu simplesmente deixava acontecer. Eu sabia que havia uma outra coisa que exigia cautela e que era um pecado terrível, mas para mim aquilo permaneceu como uma ideia difusa e longínqua, que nunca chegou se transformar em tentação. Não, de forma alguma; eu não entendia nem como aquilo poderia fazer alguém cair em tentação; achei que era simplesmente algo a que as pessoas sujeitavam-se quando eram casadas e queriam ter filhos, não algo que pudesse ter qualquer tipo de sentido em si mesmo. Mas quando completei vinte anos eu me apaixonei de verdade por um homem. Ele tinha uma boa figura, era bom e elegante — ou pelo menos era o que me parecia na época, e que ainda me parece quando penso nele. Ah, deve mesmo ter sido — ele acabou se casando com uma das minhas amigas de juventude e a fez muito feliz. — A primeira vez que nos encontramos foi durante o verão, no campo. Trocamos beijos. Um dia ele se embrenhou comigo na floresta. Tentou me seduzir, e por muito pouco não conseguiu. Ah, se tivesse conseguido, se eu não tivesse corrido para longe — como tudo poderia ser diferente hoje! Assim eu talvez houvesse tivesse me casado com ele — e nunca me teria casado com aquele que hoje é meu marido. Talvez eu tivesse filhos e um lar, um lar de verdade; assim eu nunca teria me transformado numa esposa infiel. — Mas eu fui vencida pela timidez e pelo medo, me desvencilhei dos braços dele e saí correndo, como quem corre para salvar a própria vida.

"Depois veio uma época terrível. Eu queria vê-lo outras vezes, mas não me atrevia. Ele mandou-me flores, escreveu cartas e mais cartas implorando o meu perdão. Mas eu achava que ele não passava de um canalha; nunca respondi às cartas, e as flores eu jogava pela janela. — Mas eu pensava nele o tempo inteiro. E não era apenas em beijos que eu pensava; nessa época descobri qual era a tentação. Eu sentia como se uma grande mudança tivesse se operado em mim, embora nada houvesse

Doutor Glas 41

acontecido. E eu tinha a impressão de que todos percebiam. Ninguém pode imaginar o quanto eu sofria. No outono, depois que nos mudamos para a cidade, houve uma tarde em que eu estava sozinha na rua, caminhando no crepúsculo. O vento uivava nos cantos das casas, e de vez em quando caía uma gota de chuva. Entrei na rua onde ele morava e passei em frente à casa. Detive o passo e vi que a janela estava iluminada, e então vi o rosto dele no brilho da lamparina, debruçado por cima de um livro. Aquilo exerceu sobre mim uma atração magnética, e pensei em como seria bom estar lá dentro, junto com ele. Esgueirei-me para dentro do portão e subi a escada até a metade — mas nesse ponto dei meia-volta.

"Se ele tivesse me escrito durante aqueles dias, eu teria respondido. Mas ele havia se cansado de escrever sem nunca obter uma resposta, e desde então nunca mais nos encontramos — passaram-se muitos anos, e quando enfim nos vimos outra vez a situação era muito diferente.

"Como eu já disse ao senhor, tive uma educação profundamente religiosa. Nessa época eu me afundei na religião e comecei a estudar enfermagem, mas tive que parar quando a minha saúde fraquejou; voltei para casa e tornei a cuidar dos afazeres domésticos como antes, enquanto eu sonhava e ansiava e pedia a Deus que me libertasse dos meus sonhos e dos meus anseios. Eu sentia que a situação era insuportável, que eu precisava de uma mudança. Um dia fiquei sabendo, através do meu pai, que o pastor Gregorius tinha me pedido em casamento. Fiquei completamente atônita, porque ele nunca tinha se aproximado de mim de forma que eu pudesse pressentir qualquer coisa. Por muito tempo havia frequentado a nossa casa; a minha mãe o admirava e o meu pai tinha medo dele, acredito eu. Entrei no meu quarto e comecei a chorar. Havia no pastor alguma coisa que sempre me repeliu por um motivo ou outro, e acho que foi justamente isso que no fim me levou a aceitar o pedido. Ninguém precisou me forçar, ninguém precisou me convencer. Eu achei que era a vontade de Deus. Tinham me ensinado a crer que a vontade de Deus era sempre aquilo que mais ia contra a nossa própria vontade. Ainda na noite anterior eu tinha ficado acordada na cama e pedido a Deus que me concedesse paz e libertação. Naquele instante, acreditei que Deus tinha ouvido as minhas preces — à sua própria maneira. Imaginei ver a vontade divina em toda a clareza diante dos meus olhos. Acreditei que, ao lado daquele homem, meus anseios haviam de arrefecer e meu desejo havia de morrer, e que esse era o destino que Deus havia traçado para mim. E eu tinha certeza de que o pastor era um homem bom e justo, pois afinal de contas era um mensageiro de Deus.

"Mas as coisas tomaram outro rumo. O pastor não matou os meus sonhos — apenas os conspurcou. Em vez disso, foi aos poucos matando a minha fé. É a única coisa que lhe devo, pois eu não gostaria de recuperá-la. Quando hoje penso a respeito, a fé me parece simplesmente estranha. Tudo o que se desejava, tudo o que era delicioso pensar era pecado. Os abraços de um homem eram pecado quando esperados e desejados; mas quando pareciam desagradáveis e repulsivos, quando revelavam-se um flagelo, um tormento, um horror — então era pecado *não* os desejar! Diga-me, doutor Glas, não é estranho?"

Doutor Glas 43

Ela estava quente e inflamada. Acenei a cabeça, olhando-a por cima dos óculos:

— É, de fato é estranho.

— E diga-me, o senhor acha que o amor que sinto agora é pecado? Não é apenas felicidade, e talvez seja até mais angústia; mas o senhor acha que é pecado? Se for, então tudo em mim é pecado, porque não consigo encontrar nada em mim que seja melhor e mais valioso do que esse amor. — Mas talvez o senhor esteja surpreso ao me ver sentada aqui, falando sobre essas coisas. Afinal, tenho um outro que me faz companhia. Mas quando nos encontramos o tempo é sempre curto, e ele fala muito pouco comigo — nesse ponto ela de repente enrubesceu — fala muito pouco sobre as coisas em que eu mais penso.

Permaneci sentado com a cabeça apoiada na mão e a vi por entre pálpebras semicerradas, na ponta do sofá, com a tez vermelha como as pétalas de uma rosa sob os fartos cabelos trigueiros. A Donzela de Tez Aveludada. Então pensei: quisera eu ser o homem a fazê-la sentir que não há tempo para falar. Quando ela falar mais uma vez — pensei — vou me aproximar e fechar-lhe a boca com um beijo. Mas ela estava em silêncio. A porta que dava para a sala de espera havia ficado entreaberta, e ouvi os passos da minha criada no corredor.

Quebrei o silêncio:

— Mas diga-me, sra. Gregorius, a senhora nunca pensou em pedir o divórcio? A senhora não está obrigada a permanecer ao lado de seu marido por necessidade financeira — seu pai deixou-lhe uma fortuna quando a senhora ainda era menina, e a sua mãe tem uma boa situação econômica, não?

— Ah, doutor Glas, o senhor não conhece o meu marido. Divórcio — um pastor! Ele não aceitaria jamais, jamais, não importaria o que eu fizesse, nem o que pudesse acontecer! Antes, haveria de me "perdoar" setenta e sete vezes e tentar endireitar-me e tudo mais... Ele seria capaz de fazer orações para mim na igreja.

"Não, eu sirvo para ser espezinhada.

Levantei-me:

— Nesse caso, sra. Gregorius, o que a senhora gostaria que eu fizesse desta vez? Já não vejo mais saída.

Ela balançou a cabeça em um gesto desesperado.

— Eu não sei. Não sei mais nada. Mas acho que ele há de vir consultá-lo amanhã, por conta do coração; foi o que me disse ontem. Será que o senhor não poderia falar com ele outra vez? Naturalmente, sem dar a entender que estive aqui hoje e falei com o senhor a esse respeito?

— Certo... podemos tentar.

E então ela foi embora.

Depois que partiu, abri um periódico acadêmico para me distrair. Mas não adiantou, eu a via o tempo inteiro diante de mim, via-a encolhida na ponta do sofá, contando-me sobre o próprio destino e sobre como tudo havia se passado, como tudo havia dado errado nesse mundo. De quem era a culpa? Seria do homem que insistiu em seduzi-la na floresta em um dia de verão? Ah, que outro dever têm os homens para com as mulheres senão seduzi-las, seja na floresta ou no leito nupcial, e depois ajudá-la e ampará-las em tudo que a sedução traz consigo? Mas de quem foi o erro então — do pastor? Ele não

Doutor Glas 45

fez mais do que desejá-la, como miríades de homens desejam miríades de mulheres, e ainda por cima desejou-a numa situação de disciplina e honra, como se diria no estranho linguajar do pastor — e ela consentiu, sem saber nem compreender, em meio ao desespero e graças à influência da estranha confusão de ideias em que havia crescido. Não estava desperta quando se casou com aquele homem; estava adormecida. Nos sonhos muitas vezes acontecem coisas estranhíssimas, que, no entanto, parecem absolutamente naturais e corriqueiras — nos sonhos. Mas quando despertamos e nos lembramos daquilo com o que sonhamos, ficamos surpresos e damos gargalhadas ou estrememos de pavor. E agora ela despertou! E os pais, que deviam saber no que consiste um casamento e que assim mesmo consentiram e podem até mesmo ter se mostrado encantados e lisonjeados — estariam despertos? E quanto ao pastor: será que não tinha a menor noção acerca da natureza anormal e indecorosa dessa maneira de proceder?

Nunca tive a impressão tão distinta de que a moral é um carrossel que gira. Eu já sabia disso antes, mas sempre tinha acreditado que o período necessário às oscilações seria de séculos ou mesmo de éons — porém nesse instante parece-me ser de simples minutos ou segundos. Essa visão surgiu diante dos meus olhos, e, como único guia em meio àquela dança das bruxas, percebi novamente a voz em meu âmago, a voz que rosnava por entre os dentes: cuidado, pastor!

*

Muito bem. O pastor veio me ver durante o horário de consultas. Senti uma alegria súbita e oculta quando abri a porta e o vi sentado na sala de espera. Havia apenas mais uma paciente a atender, uma senhora que precisava de uma receita nova — e então chegou a vez dele. O pastor estendeu as abas do casaco e, com uma dignidade vagarosa, sentou-se na mesma ponta onde a esposa tinha se encolhido poucas horas antes.

Já ao chegar despejou um amontoado de asneiras, como de costume. Entreteve-me com questões relacionadas à comunhão. O problema com o coração surgia apenas de passagem, em apartes, e tive a impressão de que na verdade tinha vindo ouvir a minha opinião como médico sobre as questões de saúde pública envolvidas na comunhão, que depois dos inúmeros relatos acerca do monstro de Storsjö estão sendo debatidas em todos os jornais. Não acompanhei essa discussão; eu tinha visto um artigo a respeito do assunto num jornal lido até a metade, mas não estava em absoluto orientado em relação ao tema, e assim coube ao pastor esclarecer-me acerca dos pontos elementares. O que fazer para evitar a contaminação durante a comunhão? Eis o questionamento. O pastor lamentou que o houvessem trazido à tona; mas agora estava sendo discutido por toda parte e precisava de respostas. Era possível encontrar diversas soluções para o problema. A mais simples talvez consistisse em que cada igreja providenciasse uma quantidade de pequenos cálices, que podiam ser limpos junto ao altar pelo sineiro após cada uso — mas essa seria uma solução cara; talvez fosse até impossível para certas paróquias mais pobres do interior providenciar uma quantidade suficiente de cálices de prata.

Comentei de passagem que nos tempos em que vivemos, quando o interesse pela religião encontra-se em alta, e quando providenciam-se inúmeros cálices de prata para as mais diversas competições de ciclismo, não devia ser impossível providenciar cálices similares para cerimônias religiosas. De resto, até onde eu podia lembrar não havia, na liturgia da comunhão, uma única palavra a respeito de prata, mas guardei esse pensamento comigo. — Além do mais, havia-se cogitado a possibilidade — prosseguiu o pastor — de que cada comungante levasse consigo um cálice ou um copo próprio. Mas o que aconteceria se os ricos aparecessem com um cálice em prata lavrada e os pobres talvez com um copo de aguardente?

De minha parte, achei que seria um tanto pitoresco, no entanto calei-me e deixei-o falar. — E um pastor de orientação moderna e liberal havia sugerido tomar o sangue de nosso salvador em cápsulas. — Primeiro certifiquei-me de que eu tinha ouvido direito; em cápsulas, como óleo de rícino? — Sim, em cápsulas. Por fim, um sacerdote da corte havia construído um novo tipo de cálice de comunhão, obtido a patente e fundado uma companhia limitada — o pastor descreveu tudo para mim com riqueza de detalhes, e fiquei com a impressão de que era construído mais ou menos segundo o mesmo princípio dos copos e garrafas dos mágicos profissionais. — Porém o pastor Gregorius é ortodoxo e nem um pouco liberal, de maneira que todas essas novidades pareciam-lhe motivo de preocupação; mas os bacilos também eram motivo de preocupação, então o que fazer?

Bacilos — tive uma ideia no mesmo instante em que o ouvi

proferir essa palavra. Percebi claramente na inflexão da voz, lembrei-me de que certa vez eu já o ouvira falar a respeito de bacilos, e de repente ficou claro para mim que o pastor sofria da doença conhecida como bacilofobia. Não havia dúvida de que, aos olhos dele, os bacilos estavam além da ordem corriqueira das coisas e além da religião. Tudo isso, evidentemente, por serem uma novidade. A religião dele é velha, tem quase novecentos anos, e a ordem corriqueira das coisas remonta pelo menos ao início do século, à filosofia alemã e à queda de Napoleão. Mas os bacilos atacaram-no durante a velhice, quando estava completamente despreparado. Na visão do pastor, começaram somente agora a desagradável função que desempenham, e jamais lhe ocorreu que, segundo tudo indica, também deve haver uma grande quantidade de bacilos na simples panela de barro que esteve presente durante a última ceia em Getsêmane.

Impossível decidir se o pastor é mais ovelha ou mais raposa.

Dei-lhe as costas e deixei que continuasse falando enquanto eu organizava o meu armário de instrumentos. Pedi de passagem que o pastor retirasse o casaco e o colete, e, no que dizia respeito à comunhão, decidi-me sem muitas delongas a recomendar o método das cápsulas.

— Reconheço, disse eu, que num primeiro momento essa ideia causou estranheza até mesmo a mim, embora eu não seja particularmente religioso. Mas com um pouco de reflexão toda essa estranheza desaparece. O essencial na comunhão não é o pão e o vinho, muito menos a prataria da igreja, mas a fé; e a fé verdadeira evidentemente não se deixa influenciar por coisas mundanas como cálices de prata e cápsulas de gelatina…

Doutor Glas 49

Enquanto dizia as últimas palavras, apliquei o estetoscópio sobre o peito do pastor Gregorius, pedi que se mantivesse em silêncio por alguns instantes e auscultei. Não ouvi nada fora do comum, apenas a discreta irregularidade dos movimentos cardíacos que em geral afeta homens de idade mais avançada que criaram o hábito de comer um pouco além da conta no jantar para depois se atirar no sofá ou na cama para dormir. Um dia aquilo pode vir a causar um infarto — nunca se sabe, mas essa não é nenhuma certeza ou sequer uma probabilidade ameaçadora.

Mesmo assim, eu estava decidido a transformar aquela consulta num momento solene. Auscultei durante muito mais tempo do que seria necessário, movimentei o estetoscópio, bati e tornei a auscultar. Notei o quanto o angustiava permanecer calado e passivo durante todo aquele tempo — o pastor está acostumado a falar em toda parte, na igreja, na sociedade, em casa; tem o dom da oratória, e esse pequeno talento deve ter sido o que o levou à vida eclesiástica. O exame deixou-o um pouco apreensivo; com certeza preferia ter continuado a discutir os bacilos da comunhão por mais um tempo para então olhar para o relógio de repente e depois se apressar em direção à porta. Mas naquele instante ele estava na ponta do sofá, e eu estava decidido a não largá-lo. Continuei a auscultar, calado. Quanto mais eu auscultava, pior ficava o coração.

— É grave, doutor?, o pastor enfim perguntou.

Não respondi de pronto. Dei alguns passos pelo consultório. Havia um plano crescendo dentro de mim, um plano a bem dizer simples; mas não estou habituado a intrigas, e por esse motivo hesitei. Hesitei também porque todo o plano dependia da estupidez e da ignorância do pastor — mas será que se revelaria estúpido o suficiente, caso eu tivesse coragem? Ou seria um plano grosseiro demais? Será que perceberia as minhas intenções?

Interrompi minha caminhada e o encarei durante alguns segundos com o meu olhar mais afiado de médico. O rosto pálido, gordo e acinzentado perdia-se em meio às rugas ovinas e tementes a Deus, mas eu não conseguia perceber o olhar porque os meus óculos refletiam apenas as cortinas e a figueira. Mesmo assim, decidi tomar coragem. Ou o pastor era uma ovelha ou então uma raposa, pensei, mas uma raposa é sempre mais estúpida do que um homem. Com o pastor era possível bancar o charlatão por um tempo sem correr nenhum risco — pois notava-se claramente que gostava dos modos dos charlatães; minha caminhada pensativa no interior do consultório e o longo silêncio que fiz após o questionamento já o haviam impressionado e amaciado.

— Que estranho, balbuciei como que para mim mesmo.

Então me aproximei mais uma vez com o estetoscópio:

— Perdoe-me, acrescentei, mas preciso auscultar um pouco mais para ter certeza de que não me engano. É, eu disse por fim, a dizer pelo que pude ouvir hoje, o seu coração não está nada bem. Mas não acho que seja um problema crônico. Creio que deva ter um motivo especial para não estar muito bem hoje!

O pastor tentou adotar a expressão de um ponto de interrogação, porém não obteve muito sucesso. Percebi no mes-

Doutor Glas 51

mo instante que a consciência pesada havia me entendido. Ele ajeitou a boca para falar, talvez para perguntar o que eu queria dizer com aquilo, mas não conseguiu e simplesmente pôs-se a tossir. Queria evitar ao máximo qualquer explicação mais aprofundada — mas eu não.

— Pastor Gregorius, sejamos francos um com o outro, eu disse. O pastor teve um sobressalto ao ouvir esse preâmbulo. O senhor com certeza não se esqueceu da conversa que tivemos umas semanas atrás sobre a saúde da sua esposa. Não quero fazer nenhum questionamento indelicado sobre a maneira como o senhor se comportou em relação ao nosso trato. Mas eu gostaria de dizer que, se naquela outra ocasião eu soubesse do estado em que o seu coração se encontrava, teria citado razões ainda mais fortes para o conselho que me permiti oferecer. No caso da sua esposa, é uma questão de saúde a curto ou a longo prazo; mas para o senhor pode tornar-se facilmente uma questão de *vida ou morte*.

O pastor Gregorius parecia apavorado enquanto eu falava — o rosto ganhou cor, porém nada de vermelho; apenas verde e roxo. Era uma visão terrível, e senti que eu devia virar-lhe as costas. Fui até a janela aberta para tomar um pouco de ar fresco nos pulmões, mas na rua estava quase mais sufocante do que dentro do consultório.

Prossegui:

— Minha recomendação é simples e clara, e consiste na adoção de quartos separados. Sei que a ideia não lhe agrada, mas não existe outra alternativa. Não é apenas a satisfação máxima que nesse caso envolve um grande risco; também é importante evitar tudo que possa despertar e acirrar o desejo.

— Sei muito bem o que o senhor há de dizer; que o senhor é velho, e ademais pastor; mas eu sou médico, como o senhor bem sabe, e tenho direito a ser franco com meus pacientes. Não creio que eu esteja sendo demasiado indiscreto ao afirmar que a presença constante de uma mulher jovem, em especial à noite, deve ter sobre um pastor o mesmo efeito que tem sobre qualquer outro homem. Estudei em Uppsala e conheci por lá muitos teólogos, mas não tive a impressão de que o estudo da teologia ofereça maior resistência contra essas chamas do que qualquer outra área do conhecimento. No que diz respeito à idade... Ora, quantos anos o senhor tem? Cinquenta e sete; é uma idade crítica. Nessa idade o desejo permanece mais ou menos como antes, porém a satisfação se vinga. Verdade que existem muitas formas de encarar a vida, e diferentes formas de avaliá-la; e se eu falasse agora com um velho viúvo, certamente estaria disposto a aceitar a resposta um tanto lógica que me poderia ser dada a partir dessa perspectiva; eu não me importaria, não faz sentido renunciar às coisas que conferem valor à vida apenas para mantê-la. Mas sei também que essa forma de pensar é totalmente estranha à sua visão de mundo. Meu dever como médico consiste então em esclarecer e alertar; eis tudo quanto posso fazer, mas tenho certeza de que agora que o senhor entende a seriedade do caso, nada mais há de ser necessário. Tenho dificuldade em imaginar que o senhor estaria disposto a morrer como morreu o rei Fredrik I, ou, em tempos mais recentes, o sr. Félix Fauré...

Evitei olhar para o pastor enquanto eu falava. Porém, ao

Doutor Glas

terminar, percebei que tinha a mão sobre os olhos e que os lábios tremiam, e mais adivinhei do que ouvi: Pai nosso, que estás no céu, santificado seja o vosso nome... Não nos deixeis cair em tentação, mas livrai-nos do mal...

Sentei-me junto à escrivaninha e prescrevi um pouco de digitalina.

E acrescentei, ao entregar-lhe a receita:

— Não faz bem ao senhor andar pela cidade durante essas noites quentes de verão. Uma temporada de seis semanas numa estação de águas haveria de fazer-lhe muito bem; em Porla ou em Ronneby. Mas nesse caso o senhor deve viajar sozinho.

5 DE JULHO

Domingo de verão. Poeira e mormaço por toda parte, e apenas gente pobre se movimentando. Mas gente pobre infelizmente é um tanto desagradável.

Por volta das quatro horas tomei uma chalupa a vapor até Djurgårdsbrunn para jantar. Minha criada foi convidada para um enterro e depois tomaria café ao ar livre. O falecido não era nenhum amigo ou conhecido próximo, mas um enterro é sempre um grande prazer para uma mulher da classe dela, e não tive coragem de negar-lhe permissão. E assim eu não teria jantar em casa. Na verdade também fui convidado à casa de conhecidos no arquipélago; mas eu não tinha vontade de sair. Não gosto muito de conhecidos nem de casas nem do arquipélago. Especialmente do arquipélago. Um panorama cortado em escalopes. Pequenas ilhas, pequenos canais, pequenas rochas e pequenas árvores atarracadas. Um panorama mortiço e pobre, de cores frias, principalmente cinza e azul, e no entanto não pobre o suficiente para ostentar a grandeza da desolação. Quando ouço as pessoas elogiarem as belezas naturais do arquipélago, costumo suspeitar que tenham as coisas mais díspares nos pensamentos, e um exame mais atento quase sempre confirma essa suspeita. Um pensa no ar fresco e nas lindas praias; outro no próprio barco a vela; um terceiro pensa nas percas — e mesmo assim tudo se encaixa sob a rubrica de belezas naturais. Esses dias falei com uma moça que estava encantada com o arquipélago, mas ao longo da conversa ficou claro que na verdade estava pensando no pôr do sol, e talvez num certo estudante também. Ela tinha esquecido que o sol se põe em todos os lugares e que os estudantes costumam mudar-se um bocado. Não creio que eu seja particularmente insensível à beleza da natureza, mas para encontrá-la preciso viajar mais longe, para Vättern ou Skåne, ou então para o mar. Raras vezes arranjo tempo, e num raio de trinta ou quarenta quilômetros ao redor de Estocolmo eu nunca encontrei um panorama que possa se comparar ao da própria Estocolmo — com Djurgården e Haga e a calçada que segue ao longo da correnteza em frente ao Grand Hôtel. Por esse motivo quase sempre passo o inverno e o verão na cidade. Gosto ainda mais desse hábito porque tenho o desejo constante do solitário de ver pessoas ao meu redor

— pessoas estranhas, que fique bem claro; pessoas que eu não conheça e com quem não precise falar.

Cheguei a Djurgårdsbrunn e peguei uma mesa junto à parede de vidro no pavilhão mais baixo. O garçom entregou-me o cardápio às pressas e com a maior discrição possível estendeu um guardanapo limpo sobre os restos de molho para cordeiro assado e mostarda Batty's que outro grupo de fregueses havia deixado para trás, e, quando no instante seguinte me alcançou a carta de vinhos, com a breve e rápida pergunta: Chablis?, revelou a própria memória como um fundo tão inesgotável de conhecimentos sobre detalhes como a memória de certos acadêmicos. Não sou um grande frequentador de adegas, mas é verdade que raramente bebo outro vinho que não Chablis quando saio para jantar. E o garçom era antigo na profissão e conhecia os gostos da clientela. Tinha saciado as primeiras vertigens da juventude equilibrando bandejas de ponche no Berns e, com a seriedade da idade madura, havia cumprido deveres um pouco mais elaborados como garçom no Rydberg e no Hamburger Börs, mas os caprichos do destino o haviam levado, com a cabeça um pouco mais calva e o fraque um pouco mais ensebado, a exercer a vocação num estabelecimento um pouco mais humilde. Com os anos, tinha adquirido a capacidade de sentir-se em casa em qualquer lugar onde houvesse cheiro de comida e o som de rolhas espocantes. Alegrei-me ao vê-lo, e trocamos um olhar de compreensão mútua e oculta.

Olhei para a clientela ao redor. Na mesa mais próxima estava o jovem simpático de quem tenho por hábito comprar meus charutos, que se regalava com a namorada, uma pequena vendedora elegante com olhinhos rápidos de camundongo. Um pouco mais além estava um ator com a esposa e os filhos, limpando a boca com uma dignidade bem- escanhoada e sacerdotal. Em outro canto um velho excêntrico e solitário, que eu reconhecia da rua e dos cafés havia pelo menos vinte anos, dividia a refeição com o cachorro, que também era velho e tinha os pelos grisalhos.

Meu Chablis havia chegado e eu aproveitava as brincadeiras dos raios de sol com a bebida clara no meu cálice quando ouvi bem perto uma voz feminina que imaginei reconhecer. Ergui os olhos. Era uma família que tinha acabado de chegar — o marido, a esposa e um menino de quatro ou cinco anos; uma criança muito bonita, porém vestida de maneira estúpida e ridícula com uma blusa de veludo azul com gola rendada. Era a senhora que estava falando, e a voz pareceu-me familiar: vamos sentar lá — não, lá não — lá tem sol — não, lá não tem vista — onde está o *maître*?

De repente a reconheci. Era a mesma jovem que certa vez tinha se contorcido aos prantos no chão do meu consultório e implorado que eu a ajudasse — que eu a livrasse da criança que esperava. No fim havia se casado com o pilantra que tanto desejava e tido o filho dele — talvez um pouco às pressas, mas já não tinha mais importância —, e aquele era nada menos do que o corpo de delito vestido com uma blusa de veludo com gola rendada. E então, minha cara, o que me diria agora — por acaso eu não tinha razão? O escândalo passou, mas ainda lhe resta o menino, e ele traz-lhe muitas alegrias...

Mesmo assim, indago-me se era a mesma criança. Não, não

poderia ser. O menino tem quatro, no máximo cinco anos, e a história passou-se no mínimo há seis ou sete anos: foi logo no início da minha clínica. O que pode ter acontecido com a primeira criança? Pode ser que tenha malogrado de um jeito ou de outro. Mas, enfim, não importa, porque os dois parecem ter ajeitado as coisas desde então.

Ademais, deixo de me importar tanto assim com a família quando a vejo mais de perto. A esposa é jovem e ainda conserva a beleza, mas ganhou um pouco de peso e está com a tez demasiado exuberante. Suspeito que frequente confeitarias pelas manhãs para beber cerveja preta e comer doces enquanto fala sobre a vida alheia com as amigas. E o marido é o Don Juan do comércio. A julgar pela aparência e pelas feições, sinto-me inclinado a acreditar que seja infiel como um galo. Além do mais, os dois discutem com o garçom antecipadamente por conta da negligência que dele esperam: uma atitude que me provoca náuseas. Rábula, enfim.

Engoli minha impressão mista com um gole profundo do vinho claro e ácido e olhei pela janela aberta. Lá fora o panorama estendia-se tranquilo e exuberante ao sol da tarde. O canal espelhava o verde das praias e o azul do céu. Duas ou três canoas com remadores de roupas listradas deslizaram em silêncio para baixo da ponte e afastaram-se; ciclistas avançaram para além da ponte e espalharam-se pelas ruas; e, na grama sob as grandes árvores, grupos de pessoas aproveitavam a sombra e a beleza do dia. E acima da minha mesa duas borboletas esvoaçavam.

Enquanto eu deixava o olhar repousar e perder-se no profundo verde estival lá fora, meus pensamentos entregaram-se a uma fantasia com que às vezes me distraio. Tenho certas economias, dez mil coroas ou um pouco mais, em títulos confiáveis. Em cinco ou seis anos vou ter juntado dinheiro suficiente para construir minha própria casa de campo. Mas onde hei de construí-la? Tem de ser junto ao mar. Tem de ser junto a um litoral aberto, sem ilhas ou escolhos. Quero um horizonte livre, e quero ouvir o mar. E quero ter o mar no ocidente. Para ver o pôr do sol.

Mas existe outra coisa tão importante quanto o mar: quero estar perto do verde, perto do farfalhar das árvores. Nada de pinheiros ou espruces. Bem, os pinheiros são até aceitáveis, desde que os troncos sejam altos, retos e fortes e tenham se tornado aquilo que devem ser; mas os contornos irregulares de uma floresta de espruces com o céu ao fundo me entristece de uma forma que não consigo sequer explicar. Além do mais, no campo às vezes chove, como na cidade, e uma floresta de espruces com tempo chuvoso faz com que eu me sinta doente e miserável. Não; desejo uma natureza arcádica com uma inclinação suave em direção à praia e grupos de grandes árvores frondosas, que formem uma abóbada verdejante sobre a minha cabeça.

Mas infelizmente a natureza litorânea não é assim; é uma natureza rústica e esparsa. E com as rajadas do vento marítimo as árvores acabam pequenas, retorcidas e atarracadas. Jamais verei o litoral onde eu gostaria de construir uma casa para morar.

Quanto a construir uma casa, essa é outra história. Primeiro é necessário esperar uns dois anos até que esteja pronta, com a grande possibilidade de morrer durante esse tempo; depois

Doutor Glas 59

ainda é preciso esperar outros dois ou três anos até que tudo esteja em ordem, e a partir de então são necessários mais uns quinze até que se torne aconchegante...

Uma esposa também se ajustaria muito bem a esse contexto. Mas não é tão simples assim. Tenho dificuldade para aceitar a ideia de que outra pessoa me veja dormindo. O sono de uma criança é belo, o de uma jovem mulher também, mas não o sono de um homem. Dizem que o sono de um herói ao pé da lareira, com o alforje à guisa de travesseiro, é uma visão bonita; e pode até ser, porque um herói cansado dorme profundamente. Mas como será o meu rosto quando os pensamentos adormecem? Eu mesmo não gostaria de vê-lo, mesmo que pudesse, tanto menos deixar que outros o vissem.

Não; não existe sonho de felicidade que por fim não morda o próprio rabo.

Muitas vezes me pergunto que natureza eu escolheria para mim se eu nunca tivesse lido um livro ou visto uma obra de arte. Talvez nesse caso eu nem ao menos pensasse em escolher — talvez o arquipélago e os rochedos fossem suficientes para mim. Todos os meus pensamentos e os meus sonhos em relação à natureza são provavelmente baseados em impressões poéticas e artísticas. A arte ensinou-me o anseio por andar em meio a prados floridos em Florença e balançar no mar de Homero e ajoelhar-me no bosque sagrado de Böcklin. Ah, o que meus pobres olhos veriam no mundo, entregues a si mesmos, sem essas centenas ou milhares de mestres e amigos entre aqueles que poetaram ou pensaram ou viram por todos nós? Muitas vezes durante a minha juventude eu pensava naqueles que haviam participado; naqueles que haviam conseguido. Naqueles que também podiam dar, e não apenas tomar. É uma desolação profunda andar sozinho com a alma infértil; não sabemos o que fazer para sentir que temos importância e significado e assim ganhar um pouco de amor-próprio. Parece uma grande ventura que a maioria das pessoas seja tão pouco exigente a esse respeito. Eu não fui, e sofri com isso por muito tempo, embora eu ache que o pior já passou. Poeta eu não poderia ser. Não vejo nada que os outros já não tenham visto e nada a que já não tenham dado forma. Conheço alguns escritores e artistas; a meu ver são figuras um tanto estranhas. Não querem nada, e quando querem alguma coisa fazem justamente o contrário. São apenas olhos e ouvidos e mãos. Mesmo assim eu os invejo. Não a ponto de abdicar da minha vontade em favor dessas visões, mas eu gostaria de ter os olhos e os ouvidos que têm. Às vezes, quando vejo um deles sentado em silêncio, perdido, olhando para o vazio, penso comigo: talvez esteja vendo nesse instante algo que ninguém jamais viu antes e que em pouco tempo há de fazer com que milhares de outras pessoas vejam, inclusive eu mesmo. Não entendo a produção dos artistas mais jovens — por enquanto! —, mas pressinto que, se um dia vierem a ser reconhecidos e famosos, também hei de entendê-los e admirá-los. É como o que acontece com a modernidade no que diz respeito às roupas, aos móveis e a todo o restante: somente os que estão enrijecidos e secos, preparados há tempos, conseguem oferecer resistência. Quanto aos poetas, seriam de fato aqueles que ditam as leis de nosso tempo? Só Deus sabe. Mesmo assim, não é o que me parece. Penso que sejam

Doutor Glas 61

instrumentos nos quais o espírito do tempo se reflete, harpas eólicas onde o vento canta. E o que sou eu? Nem ao menos isso. Não tenho olhos próprios. Não consigo sequer ver a sopa e os rabanetes na mesa um pouco mais adiante com os meus próprios olhos; vejo-os com os olhos de Strindberg e penso na ceia que comeu em Stallmästaregården quando ainda era jovem. E quando os canoístas há pouco deslizaram pelo canal com roupas listradas, por um instante foi como se a sombra de Maupassant deslizasse à frente deles.

E agora, sentado junto à minha janela aberta enquanto escrevo essas palavras à luz de uma vela bruxuleante — porque tenho repulsa às lâmpadas de querosene, e a minha criada está dormindo bem demais após ter voltado do café fúnebre com bolo para que eu tenha coragem de acordá-la — agora, quando a chama tremula com a corrente de ar e a minha sombra no tapete verde oscila e treme como a chama, como se quisesse ganhar vida — agora penso em Andersen e na fábula da sombra, e tenho a impressão de que a própria sombra quer tornar-se uma pessoa.

6 DE JULHO PELA MANHÃ

Preciso anotar o sonho que tive durante a noite passada:

Eu estava junto ao leito do pastor Gregorius; ele estava doente. A parte superior do corpo estava desnuda, e ascultei-lhe o coração. A cama estava no escritório; havia um harmônio no canto, e alguém o estava tocando. Não era nenhum hino; mal chegava a ser uma melodia. Apenas escalas ascendentes e descendentes, amorfas como em uma fuga. Uma porta estava aberta; aquilo me perturbava, mas eu não conseguia pedir que a fechassem.

— É grave, doutor?, o pastor perguntou.

— Não, eu respondi, não é grave; mas é perigoso.

O que eu queria dizer era que aquilo em que eu estava pensando era perigoso para mim. E no sonho achei que eu tinha me expressado de maneira profunda e elegante.

— Mas, por simples precaução, acrescentei, podemos solicitar umas cápsulas de comunhão para o apotecário.

—Vou ter que me operar?, perguntou o pastor.

Respondi com um aceno de cabeça.

— Creio que seja necessário. O seu coração já não serve para mais nada, está velho demais. Temos que retirá-lo. Além do mais, a operação não envolve riscos e pode ser feita com um simples abridor de cartas.

Essa me pareceu uma simples verdade científica, e por acaso eu tinha um abridor de cartas na mão.

—Vamos apenas cobrir o seu rosto com este lenço.

O pastor gemeu sob o tecido. Mas em vez de operá-lo eu apertei depressa um botão na parede.

Afastei o lenço. O pastor estava morto. Peguei a mão dele; estava gelada. Olhei para o meu relógio.

— Morreu há pelo menos duas horas, eu disse de mim para comigo.

A sra. Gregorius levantou-se do harmônio, onde estava sentada tocando, e se aproximou de mim. O olhar fez com que eu me sentisse preocupado e triste, e então ela me alcançou um buquê de flores escuras. E nesse instante percebi que ela tinha um sorriso ambíguo, e que estava nua.

Estendi os braços em direção a ela e quis trazê-la para junto de mim, porém ela se afastou, e no mesmo instante vi Klas Recke no vão da porta.

— Doutor Glas, disse-me, na qualidade de secretário temporário da chancelaria, estou lhe dando voz de prisão!

— É tarde demais, respondi. O senhor não percebe?

Apontei para a janela. Um lume avermelhado batia-se contra as duas janelas do cômodo, que de repente estava claro como o dia, e uma voz de mulher, que parecia vir de outro cômodo, gemia e se lamentava: o mundo está em chamas, o mundo está em chamas!

Então acordei.

O sol matinal já estava dentro do meu quarto; eu não havia fechado as cortinas à noite, quando voltei para casa.

Estranho. Nesses últimos dias não pensei naquele pastor feio nem em sua bela esposa. Não *quis* pensar neles.

E o pastor Gregorius viajou a Porla.

*

Não anoto todos os meus pensamentos aqui.

Raramente anoto um pensamento na primeira vez em que me ocorre. Prefiro esperar para ver se volta.

7 DE JULHO

Lá fora chove, e estou aqui sentado pensando sobre coisas desagradáveis.

Por que eu disse não a Hans Fahlén no outono passado, quando me procurou e pediu emprestadas cinquenta coroas? É verdade que eu não o conhecia muito bem. Mas ele cortou a própria garganta na semana a seguir.

E por que não aprendi grego quando eu frequentava a escola? Isso me irrita quase a ponto de me fazer doente. Afinal, estudei o idioma durante quatro anos. Será que foi porque o meu pai me obrigou a escolher grego em vez de inglês que decidi não aprender nada? As pessoas podem ser mais estúpidas do que os animais! Todo o resto eu aprendi, até mesmo o absurdo que chamam de lógica. Mas estudei grego durante quatro anos e não sei nada de grego.

E não pode ter sido culpa do meu professor, porque depois foi nomeado conselheiro de estado.

Tenho vontade de pegar os livros escolares mais uma vez e ver se consigo aprender alguma coisa agora; talvez não seja tarde demais.

*

Pergunto-me como seria ter um crime do qual se arrepender.

*

Doutor Glas 65

Pergunto-me se Kristin vai servir o jantar em breve...

*

As rajadas sacodem as árvores do cemitério, e a chuva escorre pela calha da igreja. Um vagabundo com uma garrafa no bolso se abrigou sob o telhado da construção, num canto junto ao contraforte. Está apoiado contra a parede vermelha, e os olhos devotos e azuis erram por entre as nuvens que deslizam no céu. As duas árvores junto ao túmulo de Bellman gotejam. No outro canto do cemitério situa-se uma casa de má reputação; uma garota trajando uma camisola de linho se esgueira até a janela e baixa a cortina.

Porém mais abaixo, em meio aos túmulos, o pároco atravessa o terreno embarrado com guarda-chuva e galochas, e a seguir entra na pequena porta que leva à sacristia.

*

A propósito, por que o pastor sempre entra na igreja por uma porta nos fundos?

9 DE JULHO

Continua a chover. Dias como esse pertencem à mesma estirpe que o veneno oculto em minh'alma.

Ainda há pouco, ao voltar das minhas visitas médicas, troquei numa esquina um breve cumprimento com um homem que não gosto de encontrar. Uma vez ele me insultou — um insulto profundo e elegante, feito em circunstâncias que não me deixam nenhuma esperança de retribuir.

Não gosto dessas coisas. Atacam-me a saúde.

*

Estou sentado junto à secretária, abrindo uma gaveta depois da outra e olhando para coisas e papéis antigos. Um pequeno recorte amarelado de jornal cai nos meus dedos.

> *Existe vida após a morte?* Teol. dr. H. Cremer. Preço: 50 *öre.*
> *As revelações de John Bunyan.* Uma apresentação da vida futura, das maravilhas do céu e dos horrores do inferno. Preço: 75 *öre.*
> → **A força do homem** ← O caminho garantido para a honra e a riqueza, de S. Smiles. Preço: 3,50; encad. elegante em tecido com págs. douradas: 4,25.

Por que eu tinha escondido esse velho anúncio? Lembro-me de tê-lo recortado quando eu tinha catorze anos, no ano em que a fortuna do meu pai virou fumaça. Juntei meus trocados e no fim comprei o livro do sr. Smiles, embora não a encadernação com páginas douradas. Quando terminei a leitura vendi-o de imediato num sebo; o livro era demasiado estúpido.

Mas ainda tenho o anúncio. Ele é mais valioso.

E eis aqui uma velha fotografia: a fazenda que tivemos por

alguns anos. A propriedade chamava-se Mariebo, em homenagem à minha avó.

A fotografia está amarelada e desbotada, e é como se houvesse uma neblina acima da casa e da floresta de espruces mais atrás. Assim eram os dias cinzentos e chuvosos por lá.

Eu nunca me divertia muito na fazenda. No verão, sempre recebia muitos castigos do meu pai. Sei que fui uma criança difícil naquela época, quando eu ainda não frequentava a escola e não tinha lições de casa.

Uma vez recebi um castigo indevido. É uma das melhores lembranças da minha infância. Doeu na pele, claro, mas fez bem para a alma. Depois fui até o lago, onde a ventania era quase a de uma tempestade e a espuma voava contra o meu rosto. Não sei se noutra ocasião da minha vida posterior senti uma onda tão agradável de sentimentos nobres. Perdoei o meu pai; ele tinha um temperamento demasiado brusco, e também muitas preocupações em função dos negócios.

Mais difícil foi perdoá-lo por todas as vezes que me castigou com razão; não sei ao certo se consegui perdoá-lo por isso. Como por exemplo na vez em que, a despeito da proibição absoluta, tornei a roer minhas unhas. Como apanhei! Horas mais tarde eu andava pela desolada floresta de espruces em meio a uma chuva torrencial, chorando e praguejando.

Meu pai nunca foi uma pessoa tranquila. Raramente estava feliz, e quando não estava tampouco era capaz de suportar a alegria dos outros. Mesmo assim, gostava de festejar; era um desses pródigos tristes. Era rico e morreu pobre. Não sei se foi sempre honesto, pois envolveu-se com grandes negócios.

Ainda menino, pensei muito sobre um comentário jocoso que o ouvi fazer certa vez a um dos parceiros de negócios: "Ora, meu caro Gustav, não é fácil ser honesto quando se ganha tanto dinheiro quanto ganhamos..." Mesmo assim o meu pai era severo e tinha uma noção totalmente clara e decidida em relação aos deveres que cabiam aos outros. Já em relação a si mesmo é sempre possível encontrar circunstâncias que uma exceção.

Mas o pior era que eu sempre havia sentido uma forte repulsa física em relação a ele. Como sofri quando, ainda menino, eu era obrigado a tomar banhos de mar com o meu pai e aprender a nadar! Eu deslizava como uma enguia para longe das mãos dele; às vezes tinha a impressão de que eu estava me afogando, e sentia tanto medo da morte quanto do contato com aquele corpo nu. Meu pai nunca poderia imaginar o quanto essa repulsa corpórea aumentava minha angústia quando me castigava. E tempos mais tarde era um tormento para mim quando, durante as viagens ou eventualmente por outros motivos, eu dormia no mesmo quarto que ele.

E mesmo assim eu gostava do meu pai. Talvez porque fosse muito orgulhoso da minha cabeça boa. E também porque sempre andava muito bem-vestido. Numa época também o odiei por não ser bom para com a minha mãe. Mas logo ela adoeceu e morreu. Percebi que ele sentiu aquela perda ainda mais do que eu, que tinha quinze anos, e assim não pude continuar a odiá-lo.

Agora os dois se foram. E os outros também — todos os que andavam por entre os móveis na casa da minha infância. Para dizer a verdade, nem todos, mas todos aqueles com quem eu me importava. O irmão Ernst, tão forte e tão gentil e estúpido, minha grande ajuda e minha proteção em todas as aventuras da

Doutor Glas 69

infância — se foi. Embarcou numa viagem para a Austrália, e hoje ninguém sabe se está vivo ou morto. E a minha bela prima Alice, que se postava empertigada e pálida junto ao piano e cantava com olhos de sonâmbula e com uma voz que brilhava e ardia, cantava e punha-me a tremer enquanto eu permanecia encolhido num canto da grande varanda envidraçada, cantava como nunca mais hei de ouvir alguém cantar — que fim a levou? Está casada com a pobreza, com um professor de uma cidade pequena, e já velha, enfermiça e decrépita. Tive um acesso de choro repentino quando a encontrei durante o Natal passado na casa da mãe; ela se deixou contagiar e pranteamos os dois... Anna, a irmã de faces coradas, que tinha na dança a mesma febre que a irmã tinha no canto, fugiu do marido canalha com um outro canalha e depois foi abandonada. Dizem que hoje ganha a vida com o próprio corpo nas ruas de Chicago. E o pai delas, o gentil, espirituoso e bem-apessoado tio Ulrik, com quem sempre diziam que eu era parecido, mesmo que eu o achasse feio, foi arrastado pelo mesmo acidente que acabou com o meu pai e morreu como ele, numa penúria escondida a duras penas... Que peste levou todos embora em tão pouco tempo, fosse para o túmulo ou para uma vida à sombra da miséria — todos, todos, inclusive os amigos que outrora enchiam nossa casa nos dias de festa?

Só Deus sabe. Mas todos se foram.

E Mariebo hoje se chama Sofielund.

10 DE JULHO

Sentado junto à secretária.

Ocorreu-me acionar a mola que abre a pequena gaveta secreta. Sei muito bem o que se encontra lá dentro: apenas uma caixa redonda com alguns comprimidos. Não quis guardá-los no meu armário de medicamentos; podia haver uma troca acidental, o que não seria nada bom. Preparei-os eu mesmo, muito tempo atrás, e são comprimidos de cianureto. Eu não tinha nenhum pensamento suicida quando os preparei; mas pensei que um homem sábio está sempre de prontidão.

E se o cianureto for misturado a um cálice de vinho ou algo do tipo, a morte ocorre de maneira instantânea; o cálice escapa da mão e se despedaça no assoalho, e torna-se claro, para todos, que se trata de um suicídio. Nem sempre isso é bom. Se, por outro lado, alguém tomar um dos meus comprimidos e beber um copo d'água a seguir, o comprimido leva um ou dois minutos para se dissolver e cumprir a tarefa; há tempo para recolocar o cálice na bandeja, acomodar-se numa poltrona confortável ao pé do fogo, acender um charuto e pegar um exemplar do Aftonbladet. E de repente vem o colapso. O médico constata uma morte por derrame. Em caso de necropsia, constata-se o envenenamento. Mas quando não existem motivos nem circunstâncias interessantes do ponto de vista médico, não se faz a necropsia. E não se pode dizer que essas circunstâncias existam quando uma pessoa sofre um derrame fatal enquanto lê o Aftonbladet e fuma o charuto da tarde.

Doutor Glas 71

Mesmo assim, é reconfortante saber que essas pequenas bolas envoltas em farinha, que mais parecem chumbo de munição, estão guardadas à espera do dia em que possam necessárias. Nelas encontra-se adormecida uma força malévola e odiosa em si mesma, o inimigo-mor de toda a humanidade e de todas as coisas vivas desde o princípio dos tempos. E somente a libertamos quando se revela como única e desejada salvadora de um mal ainda maior.

No que eu estava pensando quando preparei essas pequenas bolas escuras para mim? Nunca pude conceber o suicídio por conta de um amor frustrado. Antes tirar a própria vida para fugir à pobreza. A pobreza é terrível. De todos os chamados males externos, é sem dúvida o que mais nos atinge o âmago. Mas não imaginei que estivesse próxima; considero-me um bem-afortunado, e a sociologia incluir-me-ia entre os ricos. O que mais ocupava os meus pensamentos era a doença. Uma doença longa, incurável e repulsiva. Já vi muita coisa... Câncer, lúpus, cegueira, paralisia... Quantos infortúnios já testemunhei que me levariam a administrar prontamente um desses comprimidos se para mim, como para outras pessoas de bem, o interesse pessoal e o respeito à polícia não falassem mais alto do que a misericórdia! E quanto material humano imprestável e destruído além de qualquer esperança de recuperação não tive que conservar em nome do dever — sem nem ao menos constranger-me em cobrar para tanto!

Mas esse é o costume. Faz-se sempre bem em seguir os costumes; e nos assuntos que não nos dizem respeito na esfera pessoal, talvez o melhor seja também segui-los. Por que eu haveria de me transformar em mártir por conta de uma ideologia que mais cedo ou mais tarde há de ser a de toda a humanidade, mas que hoje ainda é criminosa?

Há de chegar o dia em que o direito a morrer será reconhecido como ainda mais importante e mais inalienável do que o direito a colocar uma cédula na urna de votação. E quando esse momento chegar, os doentes incuráveis — bem como todos os "criminosos" — terão direito a receber a ajuda de um médico para se libertar.

Existe uma certa grandeza no cálice de veneno oferecido pelo médico a Sócrates quando os atenienses o consideraram perigoso demais para o estado. Hoje em dia, se tivesse sido julgado da mesma forma, o filósofo teria sido largado em cima de um patíbulo grosseiro e abatido a golpes de machado.

*

Boa noite, força do mal. Dorme bem em tua caixinha redonda. Dorme, até que eu precise de ti; a depender de mim, não hei de te acordar em momento inoportuno. Hoje está chovendo, mas amanhã talvez o sol brilhe. E assim que o dia raiar, quando os raios do sol revelarem-se empesteados e doentes, hei de acordar-te para que eu possa dormir.

11 DE JULHO

Junto à secretária em um dia cinzento.

Acabei de encontrar numa das gavetas pequenas um pedaço de papel onde se podem ler palavras escritas na minha caligrafia de anos atrás — pois a caligrafia de cada um transforma-se o tempo inteiro, um pouquinho a cada ano que passa, talvez de maneira quase imperceptível, porém tão inevitável e garantida quanto se transformam o rosto, a postura, os gestos e a alma.

Lê-se:

"Não existe nada que diminua e humilhe uma pessoa mais do que a consciência de não ser amado."

Quando escrevi isso? Seria uma reflexão minha ou uma citação que anotei?

Não lembro.

*

Compreendo os ambiciosos. Basta que eu me sente em um canto na Ópera e escute a marcha da coroação no *Profeta* para sentir um desejo impetuoso e ao mesmo tempo fugaz de reinar sobre os homens e deixar-me coroar numa antiga catedral.

Mas tem de ser enquanto vivo; o resto poderia ser silêncio. Nunca entendi os que buscam fama imorredoura. A memória da humanidade é imperfeita e injusta, e nossos maiores e mais antigos benfeitores foram esquecidos. Quem inventou a carroça? Pascal inventou o carrinho de mão e Fulton a locomotiva, mas quem inventou a carroça? Quem inventou a roda? Ninguém sabe. Por outro lado, a história preservou o nome do condutor do jovem Xerxes: Patiranfes, filho de Otanes. Ele conduzia a carroça do grande rei. — E o patife que ateou fogo ao templo de Diana em Éfeso para que as pessoas não se esquecessem de seu nome conseguiu atingir esse objetivo e hoje consta na *Brockhaus Enzyklopädie*.

*

As pessoas querem ser amadas; se não for possível, admiradas; se não for possível, temidas; se não for possível, detestadas e desprezadas. Querem despertar sentimentos nos outros. A alma estremece perante o vazio e deseja o contato a qualquer preço.

13 DE JULHO

Tenho dias cinzentos e momentos negros. Não sou feliz. Mesmo assim, não conheço ninguém com quem eu trocaria de lugar; meu coração se confrange ao imaginar que eu poderia ser este ou aquele dentre os meus conhecidos. Não, eu não queria ser um outro.

Na minha primeira juventude sofri muito por não ser bonito, e em meu desejo ardente por ser bonito eu tinha a impressão de ser um monstro de feiura. Hoje sei que a minha aparência é como a de quase todas as pessoas. Mas tampouco assim ela me faz mais feliz.

Não tenho nenhum apreço especial por mim mesmo, seja pela casca ou pelo conteúdo. Mas eu não gostaria de ser um outro.

14 DE JULHO

Abençoado sol, que desce até nós, e ainda mais baixo para alcançar os túmulos sob a copa das árvores…

Ah, foi há pouco; agora está escuro. Voltei da minha caminhada vespertina. A cidade estava como que banhada por um roseiral, e acima das alturas ao Sul pairava uma suave névoa rosada.

Passei um tempo sentado sozinho numa mesa junto à calçada em frente ao Grand Hôtel e bebi um pouco de *Sockerdricka* com limão; e então a srta. Mertens passou. Levantei-me e a cumprimentei, e para minha grande surpresa ela parou, estendeu-me a mão e trocou algumas palavras comigo sobre a doença da mãe e a beleza do entardecer antes de seguir pelo caminho. Enquanto falava, ela enrubesceu um pouco, como se soubesse que o estava fazendo era um tanto incomum e podia ser mal interpretado.

Quanto a mim, não a interpretei mal. Já tive muitas ocasiões para observar a postura delicada, amistosa e desprovida de formalidade que adota em relação às pessoas, e esses modos sempre me cativaram.

Mas, enfim — ela estava radiante! Será que encontra-se apaixonada?

A família dela foi uma das muitas que sofreu com os negócios do meu pai. Nesses últimos anos a velha esposa do coronel andava enferma e muitas vezes precisou de mim. Nunca aceitei receber quaisquer honorários, e a família compreende muito bem o motivo.

A srta. Mertens também cavalga; nesses últimos tempos encontro-a muitas vezes durante as minhas cavalgadas matinais, e ontem mesmo a vi. Com um alegre "bom dia" ela passou-me a grande velocidade; depois a vi desacelerar ao longe, junto a uma curva no caminho, adotar um ritmo de marcha e cavalgar por um bom tempo com rédeas soltas, como num sonho... Porém mantive o meu ritmo constante, e assim passamos um pelo outro por duas ou três vezes num curto espaço de tempo.

*

A srta. Mertens não é exatamente bonita, mas existe algo nela que, de maneira inequívoca, relaciona-se a tudo aquilo que durante muitos anos e até mesmo em tempos recentes foi o meu sonho de mulher. Essas coisas não se deixam explicar.

Certa vez — dois ou três anos atrás — consegui, à custa de grandes esforços, ser convidado para a casa de uma família que ela costumava visitar apenas para ter a chance de encontrá-la. E de fato ela apareceu, porém naquela oportunidade mal conseguiu me ver, e não chegamos a trocar muitas palavras.

E mesmo agora eu a reconheço: ela é a mesma de antes. É a mim mesmo que não reconheço mais.

17 DE JULHO

Às vezes tenho a impressão de que a vida tem um semblante mau.

Acabo de chegar de uma visita noturna. Acordei com o telefone; passaram-me um nome e um endereço — era bem próximo — e ofereceram-me um breve relato do que tinha acontecido: uma criança adoecera de súbito, provavelmente de difteria, na casa do comerciante tal e tal. Rodeado por bêbados e pelas meretrizes que me puxavam o casaco, apressei-me pelas ruas da cidade. O apartamento ficava no quinto andar de um prédio em uma rua lateral. O nome, que eu tinha ouvido no telefone e que naquele instante li na porta, parecia-me conhecido, sem que no entanto eu lembrasse onde o tinha escutado. Fui recebido pela senhora da casa, que estava de camisola e anágua — era a mulher de Djurgårdsbrunn, a mesma que eu tinha encontrado naquela outra vez, anos e anos atrás. Era o pequeno menino bonito, pensei. Fui acompanhado através de uma longa sala de jantar e de uma antessala estúpida, iluminada para a ocasião com uma lâmpada de cozinha ensebada, posta no canto de uma prateleira, até o quarto de dormir, que era compartilhado por toda a família. Contudo, não vi o marido, que não estava em casa. "Nosso filho mais velho está doente", explicou-me a senhora. Ela me acompanhou até uma pequena cama. Não era o pequeno menino bonito que estava deitado. Era um outro; um monstro. Maçãs do rosto enormes como as de um macaco, crânio afundado, olhinhos velados e maus. No primeiro lance de olhos percebi que era um idiota.

Então — aquele era o primogênito. Era a criança que trazia no ventre quando foi me visitar. Aquela era a semente que havia pedido de joelhos que eu extirpasse; e respondi invocando o dever. Vida, eu não te entendo!

Naquele instante a morte enfim quis se apiedar do menino e levá-lo para longe da vida que jamais tinha adentrado. Mas os pais não deixam! Não desejam nada com mais ardor do que ver-se livres daquela criança; não haveria como desejar outra coisa, mas na profunda covardia de seus corações mandam buscar a mim, um médico, para que eu afaste a boa e piedosa morte e mantenha viva uma aberração. E na minha covardia ainda maior, cumpro o meu "dever" — cumpro-o agora como o havia cumprido antes.

Não fiz todas essas reflexões de imediato, pois eu ainda estava um pouco confuso naquele quarto estranho junto ao leito de um doente. Apenas segui a minha vocação sem pensar em nada

Doutor Glas 79

— permaneci durante o tempo necessário, fiz o que tinha de ser feito e fui embora. No vestíbulo encontrei o marido e pai, que tinha acabado de chegar em casa, um pouco ébrio.

*

O menino-macaco há de viver — talvez por muitos anos.

Aquelas feições repulsivas e animalescas perseguem-me no meu quarto com os olhinhos velados e maus, e permaneço sentado lendo neles toda a história.

Ele tem os mesmos olhos com que o mundo olhava para a mãe quando aparecia grávida em público. E com esses mesmos olhos o mundo a levou a ver o que tinha feito.

Eis o fruto — vejam que belo fruto!

O pai brutal que batia na esposa, a mãe com a cabeça repleta de tudo que os familiares e conhecidos diriam, os criados que a olhavam de soslaio e riam e rejubilavam-se ante a confirmação de que os "melhores" não são melhores do que os piores, as tias e os tios com as feições enrijecidas por uma indignação estúpida e por uma moral estúpida, o pastor que havia se expressado de maneira curta e seca durante o vergonhoso casamento, talvez com uma timidez justificada por ter de exortar os noivos em nome de Deus a fazer o que a olhos vistos já estava feito — cada um contribuiu um pouco, cada um tem uma pequena parte no que aconteceu. Nem mesmo o médico escapou — e o médico fui eu.

Eu poderia tê-la ajudado naquela outra vez, quando em grande necessidade e desespero prostrou-se de joelhos nesta sala. No entanto, respondi invocando um dever em que eu não acreditava.

Mas eu não tinha como saber nem como imaginar...

O caso dela era um daqueles em que eu tinha certeza. Mesmo que eu não acreditasse no "dever" — não acreditasse que fosse a lei suprema que afirma ser —, restou absolutamente claro para mim que a coisa mais certa e mais sábia naquele caso seria fazer o que os outros chamam de dever. E assim fiz sem hesitar.

Vida, eu não te entendo.

*

"Quando uma criança deformada nasce, deve-se afogá-la." (Sêneca)

*

Cada idiota em Eugeniahemmet custa por ano mais do que um jovem e saudável trabalhador braçal consegue ganhar num ano.

24 DE JULHO

O calor senegalesco voltou. Durante a tarde inteira, surge uma fumaça dourada na opressiva calmaria que paira sobre a cidade, e apenas o crepúsculo traz refresco e alívio.

Quase todas as tardes passo um tempo sentado na calçada em frente ao Grand Hôtel e tomo uma bebida gaseificada de limão através de um canudo fino. Gosto da hora em que as luzes começam a se acender nas curvas ao longo da correnteza; para mim é a melhor hora do dia. Em geral estou sozinho, mas ontem tive a companhia de Birck e de Markel.

— Dou graças a Deus, Markel disse, por finalmente estarem acendendo as luzes outra vez. Não me reconheço nessa escuridão de verão sem luzes por onde andamos durante um bom tempo. Mesmo sabendo que a determinação se deve a motivos econômicos, e portanto dignos de atenção, nesse caso eu percebo um travo amargo de que teria sido criada para agradar aos turistas. "O país do sol da meia-noite" — que inferno!

— É, disse Birck, podiam ao menos se dar por satisfeitos deixando as luzes apagadas duas ou três noites na época do solstício, quando a noite é praticamente clara. No campo o entardecer de verão é um verdadeiro encanto, mas aqui não tem vez. A cidade precisa de lâmpadas acesas. A cidade nunca me fez sentir felicidade e orgulho mais fortes do que quando, na minha infância, eu chegava do campo em uma noite de outono e via as luzes cintilarem ao redor dos cais. Nesse mesmo instante, eu pensava, nesse mesmo instante aqueles coitados que moram no campo estão dentro de casa ou então se arrastando em meio à escuridão e à sujeira. Mas é verdade, acrescentou, que no campo o céu é bem mais estrelado do que aqui. Aqui as estrelas se escondem com a concorrência dos lampiões a gás. É uma pena.

—As estrelas não servem para nos guiar pelas andanças noturnas, disse Markel. É triste ver que perderam todo o significado prático. Antes, as estrelas regiam a nossa vida; e quem abre um almanaque de quarenta *öre* imaginaria que ainda a regem. Seria difícil encontrar exemplo mais emblemático da persistência da tradição, sendo que o almanaque mais popular que existe traz informações detalhadas sobre inúmeras coisas com as quais ninguém mais se ocupa. Todos esses símbolos astronômicos, que o camponês mais pobre de duzentos anos atrás compreendia de pronto e que havia estudado com afinco e diligência, por acreditar que todo o próprio bem-estar dependia daquilo, são hoje em dia ignorados e incompreensíveis para uma multidão de pessoas com estudo. Se a Academia de Ciências tivesse senso de humor, poderia se divertir misturando Câncer, Leão e Virgem no almanaque, como se fossem papeizinhos misturados num chapéu para um sorteio, e as pessoas nem ao menos perceberiam. O céu e as estrelas hoje têm um papel puramente decorativo.

Ele tomou um gole do coquetel e prosseguiu:

— Não, as estrelas já não podem mais se gabar da mesma popularidade que tinham antigamente. Enquanto se acreditava que eram as guardiãs de nosso destino, as estrelas eram temidas, mas também amadas e idolatradas. E na infância todos nós imaginamos que eram belas luzinhas que Deus acendia à noite para nos alegrar, e brilhavam para nós. Hoje, que sabemos um pouco mais a respeito delas, as estrelas não passam de uma lembrança persistente, irritante e desavergonhada da nossa própria insignificância. Digamos que um homem certa noite caminhe pela Drottninggatan com pensamentos grandiosos, incríveis, até mesmo épicos, pensamentos que certamente nenhum outro homem no mundo já teve a capacidade ou a ousadia de pensar antes. Pode ser que os anos de experiência à espreita em nosso inconsciente sussurrem que pela manhã seguinte teremos esquecido todos esses pensamentos, ou que não vamos mais reconhecer neles um caráter grandioso ou épico... Mas pouco importa; esse pressentimento em nada diminui a embriaguez do pensamento enquanto dura. Porém basta olhar para cima e perceber uma estrela silenciosa reluzir e cintilar entre duas chaminés de metal para compreender que daria na mesma esquecer tudo no mesmo instante. Ou então digamos que um homem caminhe, olhando para a sarjeta, enquanto pensa se o melhor seria embebedar-se até dar cabo de si mesmo ou encontrar uma forma melhor de preencher o tempo por aqui. De repente detém o passo, em plena noite, e fixa o olhar num ponto cintilante da sarjeta. Após um instante de reflexão, percebe que aquele era o reflexo de uma estrela... A estrela de Deneb, na constelação do Cisne. E de repente todo o questionamento anterior adquire uma insignificância ridícula.

— Ora, atrevi-me a acrescentar, com certeza é o que se pode chamar de contemplação da embriaguez à luz da infinitude. Mas a situação não seria normal para uma pessoa sóbria e não se presta ao uso cotidiano. Se Deneb tivesse a ideia de se contemplar *sub specie æternitatis,* talvez se achasse insignificante demais para continuar brilhando. Mesmo assim, permanece a postos desde muito tempo e brilha com grande beleza, espelhando-se tanto nos mares de planetas desconhecidos, onde não é nada menos do que o sol, como numa sarjeta qualquer em nossa pequena terra escura. Siga o exemplo, meu caro amigo! Refiro-me ao todo, e não apenas no que diz respeito à sarjeta.

— Markel, comentou Birck, está supervalorizando o alcance das próprias ideias se acha que pode contemplar sequer o menor e menos etílico copo de bebida sob a perspectiva da eternidade. Simplesmente não está ao alcance dele, e não haveria como escapar vivo dessa tentativa. Acredito ter lido em algum lugar que esse ponto de vista pertence exclusivamente a nosso criador. E que talvez por esse motivo tenha cessado de existir. A receita sem dúvida pareceu forte demais até mesmo para ele.

Markel calou-se. Parecia sério e contristado. Pelo menos era o que parecia, a dizer pelo que eu via do rosto dele na escuridão sob o grande toldo com listras vermelhas; e quando puxou um fósforo para acender o charuto apagado, ocorreu-me que ele tinha envelhecido. Markel vai morrer entre os quarenta e os cinquenta anos, pensei de mim para comigo. E já passou um bocado dos quarenta.

De repente Birck, que estava postado de maneira a ter uma vista da cidade, falou:

— Lá vem a sra. Gregorius, a esposa daquele pastor repulsivo. Só Deus sabe o que pode ter acontecido para que acabasse com aquele homem. Quando vejo os dois juntos, sinto que preciso virar o rosto para o outro lado por simples cortesia em relação a ela.

— O pastor está junto?, perguntei.

— Não, ela está sozinha…

Ah, claro! O pastor ainda está em Porla.

— Para mim ela parece uma Dalila loira, disse Birck.

Markel: Torçamos para que compreenda a missão que tem aqui na terra e ponha chifres enormes na cabeça desse nazireu do Senhor.

Birck: Acho difícil. Ela deve ter uma forte predisposição religiosa, porque de outra forma esse casamento seria inexplicável.

Markel: A meu entender seria completamente inexplicável se ainda tivesse qualquer vestígio de crença religiosa passado um tempo de casamento com o pastor Gregorius... Além do mais, ela não pode ser mais religiosa do que a madame de Maintenon. A fé verdadeira é um auxílio inestimável em todas as horas da vida e nunca impediu o livre trânsito de pessoas.

Nossa mesa silenciou quando a sra. Gregorius passou em direção ao museu e a Skeppsholmen. Estava vestindo um traje preto e simples. Não andava depressa nem devagar, e não olhava para a direita nem para a esquerda.

Ah, aquele andar... Senti-me involuntariamente obrigado a fechar os olhos quando ela passou. Ela andava como quem vai ao encontro do próprio destino. Tinha a cabeça um pouco baixa, e uma nesga de pele alva da nuca reluzia sob os cabelos loiros. Estaria sorrindo? Não sei. Mas de repente recordei o meu sonho. Eu nunca a tinha visto sorrir como naquele meu sonho terrível; eu nunca a tinha visto sorrir, e tampouco queria ver.

Quando tornei a erguer os olhos, vi Klas Recke seguir na mesma direção. Cumprimentou-nos com um aceno de cabeça um pouco indeciso ao passar. Markel fez um gesto convidando a sentar conosco, mas Recke passou sem dar a impressão de perceber. Estava no encalço dela. E eu tive a impressão de ver uma mão forte, que os mantinha presos a um único fio invisível e os puxava na mesma direção. Então perguntei a mim mesmo: para onde os levaria aquele caminho? — Ah, o que me importa? O caminho dela seria o mesmo sem a minha ajuda. Simplesmente limpei um pouco da sujeira mais grossa para aqueles pezinhos delicados. Mas tenho certeza de que o caminho dela será difícil. O mundo não é bom para com os que amam. Esse caminho acaba na escuridão, para eles e para todos nós.

— Nesses últimos tempos anda difícil falar com Recke, disse Markel. Tenho certeza de que o patife está aprontando poucas e boas. Ouvi dizer que está atrás de uma moça abastada. É, talvez seja esse o rumo a tomar; Recke tem dívidas como as de um herdeiro ao trono. Está na mão dos agiotas.

— Como você sabe?, perguntei, talvez de forma um pouco brusca demais.

— Eu não sei, Markel respondeu em tom insolente. Mas eu pressinto. Almas vulgares têm por hábito julgar um homem pela situação das finanças. Eu faço o contrário: julgo a situação das finanças pelo homem. É simples lógica, e além do mais eu conheço Recke.

— Chega de uísque por hoje, Markel, disse Birck.

Markel serviu mais uma dose de uísque para si e para Birck, que estava olhando para o vazio e fazendo cara de quem nada via. Meu coquetel permanecia quase intocado, e Markel o observou com um olhar cheio de preocupação e desgosto.

Birck virou-se de repente em minha direção:

— Diga-me uma coisa, perguntou, você busca a felicidade?

— Imagino que sim, respondi. Desconheço qualquer definição de felicidade que não seja um resumo de tudo aquilo que cada um busca. Então me parece evidente que todo mundo busca a felicidade.

Birck: Claro. De certa forma parece mesmo evidente. E a sua resposta me lembra pela centésima vez de que toda a filosofia vive e se alimenta exclusivamente de ambiguidades linguísticas. Contra a panqueca da felicidade, um coloca o bolo da salvação, o outro a própria "obra"; mas ambos negam qualquer tipo de relação com a busca pela felicidade. É um dom invejável conseguir trair-se dessa forma com as palavras. As pessoas têm um desejo perene de ver a si mesmas e às próprias buscas sob a luz do idealismo. Pode ser que no fim uma felicidade profunda surja da ilusão de que não se está em busca da felicidade.

Markel: As pessoas não buscam a felicidade, mas o prazer. "Pode ser", diziam os cirenaicos, "que existam pessoas que não buscam o prazer, mas nesse caso a razão se encontra turvada, e o juízo, corrompido."

— Quando os filósofos dizem que as pessoas buscam a felicidade, ele continuou, ou então a "salvação", ou ainda a própria "obra", pensam apenas em si mesmos, ou em pessoas adultas com um determinado nível de formação. Em um dos contos que escreveu, Per Hallström conta que, ainda menino, costumava todas as noites trocar a palavra "felicidade" no texto de uma oração infantil simplesmente por "cidade". Naquela tenra fase da vida, ainda não compreendia o sentido de "felicidade", portanto substituía inconscientemente essa palavra desconhecida e incompreensível por outra, facilmente compreensível e conhecida. Mas as células do nosso corpo entendem tanto quanto as crianças pequenas a respeito de "felicidade", "salvação" ou "obra". E são elas que decidem a nossa busca. Toda a vida orgânica que existe sobre a terra foge da dor e busca o prazer. Os filósofos pensam somente na busca consciente, na busca desejada, ou seja: na busca ilusória. Mas a parcela inconsciente do nosso ser é mil vezes maior e mil vezes mais forte que a parcela consciente, e é ela que toma as decisões.

Birck: Tudo o que você disse não faz senão demonstrar o que eu disse ainda há pouco; precisamos reconstruir toda a linguagem desde o início se quisermos filosofar com algum proveito.

Markel: Então, pelo amor de Deus, fique com a sua felicidade que eu fico com o meu prazer. Saúde! E mesmo que eu concorde com o uso que você faz das palavras, não passa a ser verdadeiro que todo mundo busca a felicidade. Existem pessoas sem qualquer disposição para a felicidade, e que percebem essa ausência com uma clareza dolorosa e implacável. Essas pessoas não buscam a felicidade, mas apenas um pouco de forma e de estilo na própria infelicidade.

E de repente acrescentou:

— Como Glas, por exemplo.

Esse último comentário deixou-me tão estupefato que eu não soube o que responder. Até o momento em que Markel pronunciou o meu nome, acreditei que estivesse falando de si próprio. A bem dizer, é o que continuo a acreditar — que me atacou para esconder esse fato. Fez-se um silêncio opressivo. Olhei para as cintilações da correnteza. Na massa de nuvens acima de Rosenbad abriu-se um luminoso rasgo de lua, e um brilho prateado e pálido derramou-se sobre a fachada e os pilares do antigo Bondeska Palatset. Acima do Mälaren uma nuvem vermelho-violeta deslizava sozinha, afastada das outras.

25 DE JULHO

Helga Gregorius: continuo a vê-la. Vejo-a como em um sonho: nua, estendendo em minha direção um buquê de flores escuras. Talvez vermelhas, porém muito escuras. Ah, o vermelho sempre parece muito escuro no crepúsculo.

Não há uma única noite em que eu me deite sem desejar que ela apareça mais uma vez em meus sonhos.

Porém minha fantasia aos poucos apagou o sorriso ambíguo de antes — já não o vejo mais.

*

Eu queria que o pastor voltasse. Assim ela com certeza faria uma visita. Quero vê-la e ouvir-lhe a voz. Quero tê-la junto de mim.

26 DE JULHO

O pastor: aquele rosto também me persegue — persegue-me com a expressão exata que adquiriu em nosso último encontro, quando abordei os temas sexuais em nossa conversa. Como eu poderia descrever essa expressão? É a expressão de um homem que sente cheiro de podre e em segredo se regozija.

2 DE AGOSTO

Noite de luar. Todas as janelas da casa estão abertas. Em meu estúdio a lamparina arde; coloquei-a em cima da secretária para que esteja ao abrigo do vento noturno, que com um farfalhar suave faz da cortina uma vela panda. Ando de um lado para o outro no cômodo e de vez em quando paro junto à secretária e escrevo uma linha. Passei um bom tempo de pé junto a uma janela da sala, olhando para fora e ouvindo os estranhos ruídos da noite. Mas essa noite tudo está em silêncio sob as árvores escuras. Uma mulher solitária espera sentada num banco; já está sentada há tempo. E a lua brilha.

*

Quando cheguei em casa para o jantar encontrei um livro em cima da escrivaninha. Quando o abri, um cartão de visitas caiu: Eva Mertens.

Lembro-me de que ela tinha falado sobre aquele livro em tempos recentes, e que eu disse, como quem não quer nada, que devia ser uma leitura agradável. Fiz o comentário por simples educação, para não parecer que eu tinha desprezo por algo que a interessava. Desde então não pensei mais no assunto.

Mas está claro que ela pensou.

Seria muita estupidez minha achar que ela pode estar um pouco encantada comigo? Percebo que está apaixonada. Mas se estivesse apaixonada por outro, como poderia demonstrar tanto interesse por mim?

Ela tem um par de olhos azuis, claros e sinceros, e fartos cabelos castanhos. O nariz é um pouco desaprumado. A boca — eu nunca me lembro da boca. Ah, é uma boca rubra e um pouco grande; mas não consigo visualizá-la muito bem. E só conhecemos bem a boca que beijamos, ou que por muito tempo desejamos beijar. Eu sei de uma boca que conheço.

Permaneço sentado, olhando para aquele cartãozinho simples e correto com o nome em tipos litografados e pálidos. Porém vejo mais do que o nome. Há uma espécie de mensagem que se torna visível apenas na presença de um forte calor. Não sei se sou eu a fonte desse calor, mas consigo ler a mensagem mesmo assim: "beije-me, case comigo, dê-me filhos, permita-me amar. Anseio por uma chance de amar."

"Aqui se encontram muitas jovens virgens, nas quais nenhum homem tocou e às quais não faz bem dormir sozinhas. Essas jovens precisam de homens bons."

Mais ou menos assim falou Zaratustra. O verdadeiro Zaratustra, o antigo, não aquele com o chicote.

Será que sou um "homem bom"? Será que eu podia ser um homem bom para ela?

Pergunto-me que imagem pode ter a meu respeito. Ela não me conhece. Naquela cabecinha leve, que guarda apenas sentimentos de amizade e ternura em relação às pessoas que lhe são próximas, e talvez um pouco de lixo também, deve ter se formado uma imagem com certos traços meus, que no entanto não corresponde a mim; e essa imagem agradou-lhe, segundo me parece — só Deus sabe por quê; mas deve ser em boa medida porque continuo solteiro. Se ela me conhecesse, se por acaso tivesse a chance de ler o que escrevo nessas folhas à noite, por exemplo, imagino que, por um instinto tímido, mas preciso, afastar-se-ia dos caminhos que trilho. Parece-me que o abismo entre nossas almas é um tanto grande. Mas quem sabe? Quando alguém se entrega a um casamento, talvez um grande abismo seja uma felicidade — pois se fosse menor, talvez eu me sentisse tentado a transpô-lo, e essas coisas nunca acabam bem! Não existe mulher pela qual eu estivesse disposto a me revelar! Mesmo assim: viver lado a lado sem nunca permitir que tivesse acesso a quem realmente sou — pode-se agir dessa forma em relação a uma mulher? Permitir que abrace um outro na crença de que sou eu — pode-se agir dessa forma?

Ora, claro que sim. Na verdade, é assim que acontece o tempo inteiro; sabemos muito pouco uns sobre os outros.

Doutor Glas 93

Abraçamos uma sombra e amamos um sonho. Além do mais, o que sei eu a respeito dela?

Estou sozinho, a lua brilha e eu anseio por uma mulher. Eu podia sentir vontade de ir até a janela e convidá-la para subir, a mulher que espera sentada lá embaixo por alguém que não chega. Tenho vinho do Porto, aguardente, cerveja, boa comida e uma cama feita. Para ela seria o reino dos céus.

*

Estou pensando no que Markel disse naquela outra noite sobre mim e sobre a felicidade. Eu podia muito bem casar e viver feliz como um porco na lama com o único intuito de irritá-lo.

3 DE AGOSTO

Ah, a lua! Lá está ela outra vez.

Lembro-me de muitas luas. A lembrança mais antiga é a da lua que ficava atrás da janela nas noites de inverno da minha primeira infância. Estava sempre acima de um telhado branco. Certa vez minha mãe leu "O duende de Natal" de Viktor Rydberg para mim e para as outras crianças; reconheci-a na mesma hora. Mas ela ainda não tinha nenhuma das características que adquiriu mais tarde; não era nem bondosa e sentimental nem fria e terrível. Era simplesmente grande e luminosa. A lua pertencia à janela, e a janela pertencia ao quarto. Ela morava conosco.

Mais tarde, quando perceberam que eu tinha um talento musical e deixaram-me tomar aulas de piano, e cheguei ao ponto em que eu conseguia dedilhar um pouco de Chopin, a lua ganhou um novo aspecto para mim. Lembro que uma vez, por volta de meia-noite, eu estava deitado, mas não conseguia dormir porque estava com o décimo segundo noturno de Chopin na cabeça e a lua brilhava. Foi no campo; tínhamos acabado de nos mudar e ainda não havia cortinas no quarto onde eu me havia instalado. O luar se derramava numa enchente branca sobre o quarto e a guarda e a cama. Sentei-me na cama e comecei a cantar. Eu precisava cantar aquela estranha melodia sem palavras; não havia como escapar. A melodia se uniu ao luar, e naquela união havia a promessa de algo inédito que mais tarde seria o meu destino, algo que eu não sabia o que era, se uma felicidade sem bênçãos ou uma infelicidade mais valiosa que toda a felicidade do mundo — algo encantador, grandioso e ardente que estava à minha espera. Cantei até que o meu pai aparecesse junto à porta e com um grito mandasse-me dormir.

Era a lua de Chopin. E era a mesma lua que desde então ardia e estremecia sobre a água nas noites de agosto, quando Alice cantava. Eu a amava.

Também me lembro da lua de Uppsala. Nunca vi uma lua com o rosto tão frio e tão ausente como aquela. Uppsala tem um clima muito diferente de Estocolmo, um clima mais continental, com ar seco e limpo. Certa noite de inverno eu andava com um camarada pelas ruas alvas de neve, repletas de casas cinzentas e sombras pretas. Discutíamos filosofia. Aos dezessete anos eu mal acreditava em Deus; mas estava inconformado com o darwinismo: tudo parecia desprovido de sentido, estúpido, vulgar. Seguimos por baixo de uma abóbada preta, subimos um lance de degraus e postamo-nos junto às paredes da catedral. Com os andaimes, a construção parecia o esqueleto de um animal ignoto saído das entranhas rochosas de uma terra morta. Meu amigo estava falando sobre o nosso parentesco com os animais; falava e provava e gritava com uma voz estridente e inculta, que ecoava em meio às paredes, e de repente começou a falar num dialeto rural. Não respondi muita coisa, mas pensei comigo mesmo: você está enganado, mas ainda li e pensei pouco demais para apresentar uma refutação convincente. Mas espere — espere um ano e eu vou sair com você para andar por aqui ao luar, como agora, e então vou provar o quanto você estava errado e o quanto você foi estúpido. Porque o que você diz não pode, não tem como ser verdade em nenhuma circunstância; se for verdade, não quero mais existir nesse mundo onde não há nada a fazer. Mas o meu camarada continuou a falar e a gesticular com uma brochura alemã que tinha na mão, onde havia encontrado o argumento que me apresentava. De repente se deteve sob o luar, abriu o livro numa página com ilustrações no meio do texto e o alcançou para mim. A lua brilhava tão clara que era possível ver a ilustração e ler a legenda. Eram as figuras de três crânios, um tanto similares entre si: a caveira de um orangotango, de um aborígene australiano e de Immanuel Kant. Tomado de repulsa, joguei o livro para longe. Meu camarada ficou bravo e investiu contra mim; começamos a brigar e a nos bater sob a luz do luar, mas ele levou vantagem, subiu em cima de mim e "lavou" minha cara com neve, como os garotos fazem na escola.

Passou-se um ano e depois outros, mas nunca me senti capaz de refutá-lo; descobri que o melhor seria deixar o assunto de lado. E, mesmo sem entender ao certo o que eu tinha a fazer neste mundo, continuei aqui.

E vi muitas luas desde então. Uma lua delicada e sentimental entre as bétulas à margem de um lago... A lua se erguendo em meio à bruma do mar... A lua em fuga por entre as nuvens rasgadas do outono... A lua do amor, que brilhou na janela de Margarida e na sacada de Julieta... Uma moça casamenteira que já não era mais jovem certa vez me disse que não pôde conter as lágrimas quando viu a lua acima de uma pequena cabana em meio à floresta... A lua é sensual e desejosa, escreveu um poeta. Outro tentou impingir uma tendência ético-filosófica aos raios de lua, comparando-os a fios que os mortos queridos usariam para fazer uma rede e assim capturar as almas perdidas... A lua é para os jovens uma promessa de tudo o que está à espera; para os velhos, um símbolo de que a promessa não foi cumprida, uma lembrança de tudo o que se desfez e se despedaçou...

E o que é o luar?

É o brilho do sol em segunda mão. Enfraquecido, falsificado.

*

A lua que se ergue por trás do coruchéu da igreja tem um semblante infeliz. A mim parece que teve as feições desfiguradas, subvertidas, corroídas por um sofrimento inefável. Coitada... Por que continuas aí? Acaso foste condenada por falsificar os raios do sol?

A bem dizer, não é um crime de pouca monta. Quem dera pudéssemos ter a certeza de jamais cometê-lo.

7 DE AGOSTO

Luz!

Soergui-me na cama e acendi a lâmpada do criado-mudo. Eu suava frio e tinha o cabelo grudado à testa... O que foi que sonhei?

Outra vez a mesma coisa. Que tinha matado o pastor. Que ele precisava morrer, porque já cheirava a cadáver, e que era o meu dever como médico acabar com aquilo... No sonho era difícil e desagradável, algo que nunca tinha acontecido na minha clínica — eu queria consultar um colega, não queria assumir a responsabilidade sozinho num caso tão importante... Mas a sra. Gregorius surgia nua em meio à penumbra de um canto afastado e tentava cobrir-se com um véu preto. E quando me ouviu dizer a palavra "colega", uma expressão de pavor e desespero surgiu nos olhos dela, e compreendi que precisava acontecer naquele instante, que de outro modo ela estaria perdida, e que era preciso agir sozinho e sem que ninguém jamais pudesse descobrir. Então fiz o que tinha de ser feito com o rosto afastado. Como foi? Não sei. Sei apenas que tapei o nariz e afastei o rosto e disse para mim: veja, está feito. Agora ele não cheira mais a cadáver. E eu queria explicar para a sra. Gregorius que aquele era um caso deveras estranho e singular: a maioria das pessoas começa a cheirar depois de morrer, quando são enterradas; mas se alguém começa a cheirar ainda em vida, é necessário matá-lo, pois não existe outra alternativa no atual estágio do progresso científico... Mas a sra. Gregorius havia desaparecido; restava apenas um grande espaço vazio ao meu redor, onde tudo parecia fugir de mim e me evitar... A escuridão deu vez a um luar cinzento. Quando dei por mim eu estava sentado na cama, totalmente desperto, ouvindo a minha própria voz...

Levantei-me, vesti algumas peças de roupa e acendi luzes por todos os cômodos. Andei de um lado para o outro, com a regularidade de um relógio, por não sei quanto tempo. Por fim detive-me em frente ao espelho da sala e vi-me a mim mesmo, pálido e desvairado, como se eu fosse um estranho. Por medo de ceder a um impulso momentâneo e destruir o velho espelho, que tinha visto toda a minha infância, quase toda a minha vida e muitas das coisas que tinham acontecido antes, afastei-me e postei-me junto a uma janela aberta. Já não havia mais luar; estava chovendo, e a chuva respingou em meu rosto. Foi bonito.

"Sonhos são quimeras..." Eu te conheço, antiga sabedoria

proverbial. De fato, quase tudo que sonhamos não vale sequer um instante de reflexão — são apenas fragmentos soltos das nossas vivências, muitas vezes das mais insignificantes e estúpidas, fragmentos daquilo que a consciência não julgou importante o suficiente para guardar, mas que assim mesmo vivem uma vida própria nas sombras de um recanto escondido em nosso cérebro. Mas também existem outros sonhos. Lembrome da vez em que, ainda menino, passei uma tarde inteira quebrando a cabeça por conta de um problema de geometria e precisei ir para a cama sem o ter resolvido: durante o sono o cérebro continuou a trabalhar sozinho e me deu a solução na forma de um sonho. E era a solução correta. Também existem sonhos que são bolhas que sobem desde as profundezas. E quando penso a respeito, percebo que muitas vezes os sonhos me ensinaram coisas a meu próprio respeito. Muitas vezes os sonhos revelaram-me vontades que eu *não queria* ter, desejos que eu não admitia à luz do dia. Essas vontades e desejos foram desde então comprovados sob o brilho do sol. Mas raramente toleram a luz, e mais de uma vez empurrei-os de volta para as profundezas negras de onde haviam saído. Nos sonhos noturnos, muitas vezes reapareciam, mas eu os reconhecia e ria com escárnio até que abandonassem qualquer pretensão de subir à superfície e viver na realidade e na luz.

Mas dessa vez é diferente. Quero saber o que está acontecendo; quero pesar e medir. Um dos impulsos básicos da minha natureza é o de não tolerar emoções inconscientes e obscuras quando está em meu poder trazê-las à luz para ver no que consistem.

Portanto, cabe pensar:

Uma mulher pediu-me auxílio, e eu prometi ajudá-la. *Ajudá-la* — o que essa promessa significava ou podia vir a significar, nenhum de nós havia concebido então. O pedido foi simples e fácil. Não precisei fazer nenhum esforço ou reflexão, pelo contrário, para mim foi uma grande satisfação, fiz um favor delicado para aquela bela jovem ao mesmo tempo em que preguei uma triste peça no pastor, e o episódio inteiro serviu para acender em meu *spleen* inchado e cinzento a faísca rósea de um mundo fechado para mim... E para ela o favor significava a felicidade e a vida — pelo menos da maneira como o viu e como desejou que eu o visse. Então prometi ajudá-la, e assim fiz — o que precisava ser feito.

Mas desde então toda a história revestiu-se de um outro aspecto, e dessa vez preciso chegar ao fundo da questão antes de seguir adiante.

Prometi ajudá-la; mas não gosto de fazer as coisas pela metade. E agora sei, como aliás tenho sabido há tempos: a ajuda não surtirá efeito a não ser que se veja livre.

Daqui a poucos dias o pastor estará de volta — e assim a velha história há de recomeçar. Agora eu o conheço. Mas não é só isso; ao fim e ao cabo ela teria de agir por conta própria, por mais difícil que fosse, e por mais que pudesse destruir-lhe a vida e deixá-la em pedaços. Mas algo me diz com certeza, como se já tivesse acontecido, que em breve ela há de carregar uma criança no ventre. Se agora está apaixonada, não há como escapar. Talvez não queira. Então: se acontecer — *quando* acontecer — o que vem depois...? O pastor tem de sumir. Sumir por completo.

É verdade: se de fato acontecer, talvez ela me procure e peça que eu a "ajude" com o mesmo tipo de ajuda que tantas outras já me imploraram em vão — e se assim for, muito bem: hei de fazer-lhe a vontade, pois não sei como poderia negar-lhe o que quer que fosse. Mas já estou cansado desse assunto, e depois a história terá chegado ao fim, no que me diz respeito.

Mas eu pressinto, eu pressinto e sei que não há de se passar assim. Ela não é como as outras, nunca me pediria *esse* tipo de ajuda.

E portanto o pastor tem de sumir.

Por mais que eu pense a respeito, não vejo outra saída. Chamá-lo à razão? Fazê-lo perceber que não tem mais o direito de conspurcar a vida dela, que precisa libertá-la? Absurdo. Ela é a esposa dele; ele é o marido dela. Tudo lhe dá direitos sobre ela: o mundo, Deus, a própria consciência. O amor significa para ele certamente o mesmo que significava para Lutero: um impulso natural, que o Deus em que acredita deu-lhe permissão para satisfazer justamente com aquela mulher. Que ela recebesse esse desejo com frieza e desgosto jamais o levaria a questionar, por um instante que fosse, o "direito" que tem como marido. Além do mais, talvez o pastor imagine que nesses instantes ela sinta em segredo o mesmo que sente, porém julgue ser de bom tom para uma mulher cristã e para a esposa de um pastor não admitir essas coisas sequer para si mesma. Como se não bastasse, o pastor tampouco descreveria essa atividade como um prazer; antes, falaria em "dever" e na "vontade de Deus"... Não, ele precisa sumir, sumir, sumir!

Vejamos: eu estava em busca de uma proeza, implorei por

esse momento. Será então essa a proeza — a *minha* proeza? Aquilo que tem de ser feito, que somente eu vejo que tem de ser feito e que ninguém mais consegue ou atreve-se a fazer senão eu?

Talvez pareça um pouco estranho. Mas esse não é um argumento a favor nem contra. A "grandiosidade", a "beleza" de um ato é apenas o reflexo do efeito que causa sobre o público. Porém, como não tenho a menor pretensão de envolver o público nesse assunto, esse ponto de vista não precisa ser considerado. Tenho de me resolver apenas comigo mesmo. Quero examinar as costuras da minha proeza; quero ver como se apresenta vista por dentro.

Em primeiro lugar: quero de fato matar o pastor?

"Querer" — o que significa isso? Uma vontade humana não é uma unidade; é uma síntese de mil impulsos contraditórios. Uma síntese é uma ficção; a vontade é uma ficção. Mas precisamos de ficções, e nenhuma ficção é mais necessária para nós do que a vontade. Portanto: você *quer*?

Quero e não quero.

Ouço vozes conflitantes. Preciso interrogá-las; preciso saber *por que* uma diz: quero, e a outra: não quero.

Primeiro a que diz "quero": — por que você quer? Responda!

— Quero agir. A vida é ação. Quando vejo algo que me ultraja eu quero intervir. Não intervenho toda vez que vejo uma mosca numa teia de aranha porque o mundo das moscas e das aranhas não é o meu, e sei que é preciso estabelecer limites, e não gosto de moscas. Mas se vejo um inseto bonito com asas douradas na teia, então a desmancho e se necessário mato a aranha, pois não acredito que não se possa matar aranhas. — Entro na floresta; ouço um grito de ajuda; corro em direção ao grito e encontro um homem prestes a violar uma mulher. Naturalmente, faço todo o possível a fim de libertá-la, e se for necessário mato o homem. A lei não me confere esse direito. A lei me dá direito a matar outra pessoa somente em legítima defesa, e perante a lei a legítima defesa é somente aquela praticada na mais absoluta necessidade com risco iminente à própria vida. A lei não me permite matar alguém para salvar o meu pai ou a minha mãe ou o meu melhor amigo, nem para proteger a minha amada contra violência ou estupro. Em suma, a lei é ridícula, e nenhuma pessoa decente permite que decida como se deve agir.

— E quanto às leis não escritas? A moral…?

— Meu caro amigo, a moral se encontra, como você bem sabe, em um estado volátil. Sofreu mudanças notáveis até mesmo no breve intervalo desde que nós dois surgimos no mundo. A moral é como o famoso círculo de giz traçado ao redor de uma galinha: prende apenas os que acreditam. A moral é a opinião dos outros sobre o que é justo. Mas o que importa é a minha! Verdade que em muitos casos, e talvez na maioria daqueles que ocorrem com maior frequência, minha opinião acerca do justo coincide com a dos outros, com a "moral"; e em muitos outros casos acredito que a divergência entre mim e a moral não vale os riscos que traz consigo, e assim me resigno. Desta forma a moral torna-se para mim, de maneira consciente, o que na prática é para todos, muito embora nem todos saibam:

— não uma lei firme e imutável, mas um *modus vivendi* que se revela útil na eterna situação de guerra entre o eu e o mundo. Reconheço que a moral corriqueira e as leis burguesas, em linhas gerais, expressam uma noção de justiça que é fruto das experiências de tempos imemoriais, passadas de pai para filho enquanto aos poucos aumentavam de tamanho e sofriam transformações, relativas às condições imprescindíveis para a convivência entre as pessoas. Sei que grosso modo essas leis devem ser respeitadas para que a vida aqui na terra possa ser vivida por criaturas como nós, criaturas inconcebíveis em qualquer outro contexto que não a organização social e alimentadas com direitos em constante transformação, bibliotecas e museus, polícia e água encanada, iluminação pública, esvaziamento de latrinas, troca de guarda, pregações, balés de ópera e assim por diante. Mas também sei que as pessoas envolvidas com essas leis nunca as encararam com pedantismo. A moral pertence à esfera dos assuntos domésticos, não aos deuses. Deve ser usada; não deve reinar absoluta. E deve ser usada com bom senso, "com um grão de sal". Convém adotar os costumes do lugar para onde vamos; mas seria ingênuo adotá-los com convicção. Sou um viajante no mundo; vejo os costumes dos homens e adoto aqueles que me servem. E a moral vem de *mores*, costumes; repousa totalmente sobre os costumes, no uso; não existe qualquer outra fundamentação. E você não precisa me dizer que ao matar o pastor vou estar cometendo um ato que atenta contra os costumes. Moral — você deve estar brincando!

— Reconheço que abordei essa questão como um simples formalismo. Acredito que nos entendemos no que diz respeito à moral. Mesmo assim, não pretendo dispensá-lo. O fulcro da questão não é saber como você pode se atrever a fazer aquilo que estamos discutindo, mesmo que atente contra a moral e os costumes, mas saber por que você quer agir desta forma. Você respondeu com a comparação ao estuprador que viola uma mulher na floresta. Que comparação! De um lado, um criminoso brutal; do outro, um velho pastor digno de admiração e acima e qualquer crítica!

— É, a comparação foi um tanto manca. Dizia respeito a uma mulher totalmente desconhecida e a um homem totalmente desconhecido e a uma relação mal-esclarecida entre os dois. Não há razões para crer que essa mulher desconhecida mereça que um homem morra por sua causa. Tampouco há razões para crer que o homem desconhecido, que encontra uma jovem nas profundezas da floresta e de repente se vê possuído e subjugado por Pã, mereça morrer em razão disso. Por fim, não há certeza de que exista um perigo que torne uma intervenção necessária! A moça grita porque está com medo e porque sente dor, mas isso não significa que o dano possa ser mensurado a partir dos gritos. Pode ser que os dois tornem-se bons amigos antes de separarem-se. No campo, muitos casamentos começaram com um estupro e não terminaram piores do que outros, e o rapto de mulheres foi em outros tempos a maneira habitual de promover noivados e casamentos. Se, no exemplo dado, eu mato o homem para libertar a mulher — uma forma de agir que, segundo penso, seria aprovada pela maioria das pessoas dotadas de pensamentos morais, com a exceção dos juristas, e que num júri americano ou francês resultaria numa absolvição fragorosa —, ajo por simples impulso, sem nenhuma deliberação, e talvez cometa uma tremenda estupidez. Mas nosso caso apresenta-se de outra forma. Não se trata de um simples estupro, mas de um relacionamento que atenta contra a vida, e que em resumo consiste em uma série contínua e repetida de estupros. Não se trata de um homem desconhecido com valores desconhecidos, mas de um homem que você bem conhece: o pastor Gregorius. E trata-se de ajudar e salvar não uma mulher desconhecida, mas aquela a quem você ama em segredo...

— Não, cale-se, já chega, cale-se...!

— Que homem é capaz de ver a mulher amada ser violada, conspurcada e espezinhada diante dos próprios olhos?

— Cale-se! Ela ama um outro. Esse assunto compete a ela, não a mim.

—Você sabe que a ama. Portanto, o assunto compete a você.

— Cale-se! Eu sou médico. E você sabe que vou administrar a morte a um velho que vem se consultar comigo em busca de ajuda!

—Você é médico. Quantas vezes já não repetiu a frase "meu dever como médico"? Ei-lo aqui: creio que se apresenta de maneira clara. O seu dever como médico é ajudar quem pode e deve receber ajuda, e cortar a carne morta que destrói a viva. Não há nenhuma honra a ganhar: você não pode contar a ninguém, sob pena de ir parar em Långholmen ou em Konradsberg.

Lembro-me agora de que em seguida uma rajada de vento empurrou a cortina em direção à lamparina, que pegou fogo na borda, mas eu sufoquei a pequena chama azul na minha mão e depois fechei a janela. Fiz essas coisas por instinto, quase sem pensar. A chuva açoitava a vidraça. As lamparinas ardiam, imóveis e silenciosas. Numa delas havia uma pequena mariposa cinza com pintas nas asas.

Fiquei olhando para as chamas imóveis das lamparinas e por assim dizer me deixei levar. Acho que sucumbi a um devaneio. Talvez eu tenha dormido um pouco. Mas de repente acordei com um forte sobressalto e lembrei-me de tudo: a questão que tinha de ser resolvida, a decisão que tinha de ser tomada antes que eu pudesse descansar.

Muito bem, você que *não* quer: — *por que* não quer?

— Tenho medo. Acima de tudo, medo de ser descoberto e de receber um "castigo". Não subestimo a sua consideração nem a sua sabedoria, e acho que você é capaz de fazer com que tudo dê certo. Parece-me o mais provável. Mas o risco existe mesmo assim. O acaso... Nunca se sabe o que pode acontecer.

— É preciso correr riscos na vida. Você queria agir. Por acaso esqueceu o que você escreveu aqui nesse diário poucas semanas atrás, antes que soubéssemos qualquer coisa a respeito do que veio depois sobre posição social, prestígio, futuro — tudo que você estava disposto a despachar no primeiro navio que aparecesse carregado de ação? Por acaso você esqueceu? Quer que eu lhe mostre a página?

— Não. Eu não esqueci. Mas não era verdade. Foi uma bravata. Meus sentimentos são outros agora que vejo o navio se aproximar. Sem dúvida você entende que eu não estava pensando em um navio assombrado do inferno! Foi uma bravata! Uma mentira! Não há ninguém nos ouvindo; assim posso ser sincero. Minha vida é vazia e miserável e não tem para mim nenhum sentido, mas assim mesmo apego-me a ela, gosto de caminhar ao sol e de ver as pessoas, e não quero ter nada a esconder ou a temer, portanto me deixe em paz!

— Paz? Não — por enquanto não haverá paz. Você quer que eu veja a mulher que amo se afogar na imundície, mesmo quando posso salvá-la com um único gesto rápido e audacioso — por acaso vou ter paz se eu virar-lhe as costas e sair para caminhar ao sol e ver as pessoas? Por acaso vou ter paz?

—Tenho medo. Nem tanto de ser descoberto; afinal, tenho os meus comprimidos e posso sair do jogo se a coisa começar a feder. Mas tenho medo de mim. O que sei a meu respeito? Tenho medo de descobrir algo que me segure e me prenda e nunca mais me solte. O que você exige de mim não encontra nenhum obstáculo nas minhas convicções pessoais; é um ato que eu aprovaria em outra pessoa, caso soubesse o que sei; mas não me convém. Vai contra as minhas inclinações, contra os meus costumes, contra os meus instintos, enfim, contra toda a minha essência. Não fui talhado para essas coisas. Existem milhares de sujeitos decididos e robustos que matam pessoas como se fossem moscas; por que um destes não se encarrega do assunto? Tenho medo de sentir remorso; é o que acontece quando as pessoas agem contra a própria natureza. "Manter os pés no chão" significa conhecer os próprios limites: quero manter os pés no chão. As pessoas agem todos os dias com a maior facilidade e prazer contra suas opiniões mais sinceras e bem-fundamentadas, e mesmo assim a consciência delas permanece à vontade como um peixe n'água; mas tente agir

Doutor Glas 109

contra a sua estrutura mais profunda e você logo ouve a consciência gritar! É uma verdadeira música de gatos! Você diz que insisti e implorei por agir — é impossível; não é verdade; deve ter havido algum mal-entendido. É inconcebível que eu tenha nutrido um desejo tão desvairado — nasci para ser um espectador; tudo que desejo é estar no camarim vendo as pessoas matarem-se umas às outras no palco, mas eu não tenho nada a fazer por lá e quero apenas estar longe. Deixe-me em paz!

— Lixo! Você não passa de lixo!

— Tenho medo. Essa situação é um pesadelo. O que tenho a ver com essas pessoas e com esses assuntos imundos? O pastor me inspira tanta repulsa que chego a temê-lo… Não tenho nenhuma intenção de misturar o destino dele ao meu. Além do mais, o que sei a respeito dele? O que me inspira repulsa não é "ele", não é a pessoa do pastor, mas a impressão que causa em mim; pois sem dúvida conheceu outras mil pessoas sem ter sobre elas a influência que tem sobre mim. A imagem que o pastor impingiu em minh'alma não há de se apagar caso ele suma, e muito menos se eu estiver envolvido nesse sumiço. Mesmo vivo, o pastor me "assombra" — e quem sabe o que mais poderia inventar uma vez morto? Conheço essas coisas; já li Raskólnikov, já li Thérèse Raquin. Não acredito em fantasmas, mas não quero colocar-me numa posição em que eu possa começar a acreditar. O que tenho eu a ver com isso tudo? Quero viajar para longe. Quero ver florestas e montanhas e rios. Quero andar sob a copa das árvores com um pequeno livro encadernado no bolso e pensar em coisas belas, agradáveis, boas e tranquilas, coisas que eu possa dizer em voz alta e que inspirem admiração. Largue-me, permita que eu viaje amanhã...

— Lixo!

As lamparinas ardiam com chamas vermelhas e sujas com a aurora mais ao fundo. A mariposa estava em cima da escrivaninha, com as asas chamuscadas.

Atirei-me na cama.

8 DE AGOSTO

Cavalguei e tomei um banho, recebi meus pacientes e fiz minhas visitas como de costume. Mais uma vez a noite cai. Estou cansado.

O coruchéu de tijolos na igreja parece ainda mais vermelho à luz do fim da tarde. O verde na copa das árvores parece intenso e escuro, e o azul parece muito profundo. É o entardecer de sábado; crianças pobres estão pulando amarelinha lá embaixo. Numa janela aberta um homem em mangas de camisa toca flauta. Está tocando o interlúdio da *Cavalleria rusticana*. É estranho ver como as melodias são contagiosas. Pouco mais de dez anos atrás essa mesma melodia se ergueu do caos e chegou até um pobre músico italiano, talvez durante o crepúsculo, talvez num entardecer como este. A melodia fertilizou-lhe a alma, deu à luz outras melodias e outros ritmos e do dia para a

Doutor Glas 111

noite lançou-o à fama mundial e deu-lhe uma nova vida cheia de novas alegrias e novas tristezas, e também uma fortuna para desperdiçar em Monte Carlo. E a melodia se espalha como um contágio repentino ao redor do mundo e cumpre o próprio destino, por bem ou por mal; pinta rostos de rubro e faz olhares brilharem; é admirada e amada por incontáveis pessoas e inspira enfado e nojo em outras, muitas vezes as mesmas que a tinham amado a princípio; soa de maneira obcecada e implacável em ouvidos insones à noite, irritando o comerciante que na cama lamenta que o preço das ações vendidas na semana passada tenha subido, perturbando e atormentando o filósofo que deseja concentrar-se para formular uma nova lei ou então dançando pelo espaço vazio na cabeça de um idiota. E enquanto o homem que a "criou" talvez seja quem mais se atormentou e sofreu com a melodia, ela continua a soar noite após noite, e é recebida com salvas de aplausos por todos os salões de entretenimento mundo afora, e o homem ao longe toca-a com sentimento na flauta.

9 DE AGOSTO

Querer é poder escolher. Ah, por que é tão difícil escolher? Poder escolher é poder tentar. Ah, por que é tão difícil tentar? Um príncipe estava prestes a sair em viagem; perguntaram-lhe: vossa alteza prefere ir a cavalo ou de barco? E o príncipe respondeu: quero ir a cavalo e quero ir de barco.

Queremos ter tudo, queremos ser tudo. Queremos toda a ventura da felicidade e toda a profundeza do sofrimento. Queremos todo o *páthos* da ação e toda a paz da observação. Queremos tanto a tranquilidade do deserto como o burburinho do fórum. Ao mesmo tempo queremos ser o pensamento do indivíduo e a voz do povo; queremos ser tanto a melodia como o acorde. Ao mesmo tempo! Como seria possível?

"Quero ir de cavalo e quero ir de barco."

10 DE AGOSTO

Um relógio sem ponteiros tem algo de apagado e de vazio que me faz pensar no semblante de um morto. Agora estou olhando para um relógio assim. Na verdade não se trata de um relógio, é apenas uma caixa vazia com um belo mostrador antigo. Acabei de vê-lo na janela do relojoeiro corcunda na ruela enquanto eu voltava para casa sob o crepúsculo amarelo e quente — um crepúsculo estranho; é assim que imagino o fim do dia no deserto... Fui até o relojoeiro, que uma vez consertou o meu relógio de pêndulo, e perguntei que relógio sem ponteiros era aquele. Ele abriu um sorriso coquete de corcunda e mostrou-me a bela caixa antiga, lavrada em prata — um

Doutor Glas 113

belo trabalho; tinha comprado o relógio num leilão, porém o mecanismo estava desgastado, não funcionava mais, e então pensou em substituí-lo. Comprei a caixa no estado em que se encontrava.

Pensei em guardar nela alguns dos meus comprimidos e levá-la no bolso direito do colete, como um complemento ao meu relógio. É apenas uma variante da ideia de Demóstenes — o veneno na caneta. Não há nada de novo sob o sol!

*

A noite chega; uma estrela já brilha por entre as folhas da grande castanheira. Sinto que vou dormir bem hoje à noite; minha cabeça está fresca e tranquila. Mesmo assim tenho dificuldade para me afastar da árvore e da estrela.

Noite. Que bela palavra! A noite é mais antiga que o dia, diziam os antigos gauleses. Achavam que o dia curto e fugaz tinha nascido da noite interminável.

Da enorme noite interminável.

Ora, essa não passa de uma maneira de falar... Mas o que é a noite? O que é isso que chamamos de noite? É a estreita sombra cônica do nosso pequeno planeta. Um pequeno facho de escuridão em meio a um oceano de luz. E esse oceano de luz, o que é? Uma faísca no espaço. O pequeno círculo de luz ao redor de uma pequena estrela: o sol.

Ah, que praga é essa que leva as pessoas a se indagarem a respeito do que as coisas são? Que flagelo as açoitou a ponto de levá-las para longe do círculo de irmãos e de criaturas que se arrastam e caminham e pulam e escalam e voam por toda a terra, para então ver o mundo e a vida de cima e de fora, com os olhos frios de um forasteiro, e julgá-lo ínfimo e sem valor? Para onde conduz esse caminho? Onde vai parar? Tenho de pensar na insistente voz de mulher que ouvi no meu sonho e que ainda soa em meus ouvidos; a voz de uma mulher velha e aos prantos: o mundo está em chamas! O mundo está em chamas!

Você tem de ver o seu mundo a partir do seu próprio ponto de vista, e não a partir de um ponto imaginário no espaço; você tem de medi-lo timidamente com as suas próprias medidas, de acordo com a sua posição e a sua condição, a posição e a condição de uma pessoa que habita a terra. Nessa perspectiva a terra é grande o suficiente e a vida é importante, e a noite é interminável e profunda.

12 DE AGOSTO

O sol brilha magnificamente sobre o galo da igreja nesse fim de tarde!

Gosto desse belo e sábio animal que sempre aponta a direção do vento. Para mim, é uma lembrança constante do galo que certa vez cantou três vezes, e um engenhoso símbolo da santa igreja, que vive de negar o próprio mestre.

No cemitério o pároco caminha devagar de um lado para o outro no belo entardecer de verão, apoiado no braço de um colega mais jovem. Minha janela está aberta, e tudo está tão silencioso que algumas palavras do que dizem chegam até aqui em cima. Os dois falam sobre a eleição do *pastor primarius,* e ouço o pároco mencionar o nome do pastor Gregorius. Proferiu o nome sem nenhum entusiasmo e com uma simpatia não exatamente pura. Gregorius é um dos pastores que sempre teve o rebanho a favor de si e, por conseguinte, todos os colegas contra si. Notei, pelo tom de voz, que o pároco havia mencionado o nome de Gregorius apenas de passagem e que, segundo imaginava, o pastor não teria chances reais.

Essa é também a minha opinião. Não acredito que tenha chances reais. Eu ficaria muito surpreso se fosse eleito *pastor primarius...*

*

Hoje são 12 de agosto; o pastor viajou a Porla no dia 4 ou 5 de julho e devia ficar lá por seis semanas. Não faltam muitos dias até que volte a aparecer por aqui, disposto e sadio após uma temporada na estação de águas.

13 DE AGOSTO

Como há de ser? Eu sabia desde muito tempo atrás. Quis o acaso que a solução do problema se oferecesse por conta própria: os comprimidos de cianureto que outrora preparei sem pensar em ninguém além de mim hão de fazer o serviço.

Uma coisa é certa: não há como deixar o pastor levá-los para casa. É no meu consultório que deve acontecer. Não será nada agradável, mas não vejo outra saída, e quero pôr fim a esse assunto. Se o pastor levar os comprimidos para casa por minha recomendação e bater as botas logo depois, temo que a polícia talvez possa estabelecer uma ligação entre os dois fatos. Além do mais, a mulher que tanto quero salvar poderia facilmente parecer suspeita e ter a reputação conspurcada pelo resto da vida, e talvez receber uma condenação por homicídio...

É evidente que não deve acontecer nada que possa alertar a polícia. Ninguém pode saber que o pastor tomou os comprimidos: precisa morrer uma morte totalmente natural, de infarto. Nem mesmo *ela* pode suspeitar de outra coisa. Que o pastor morra em meu consultório é sem dúvida prejudicial a meu renome como médico e deve servir como mote para comentários sem graça entre meus amigos espirituosos, mas é assim que há de ser.

Ele vai me visitar um dia qualquer para falar sobre o coração ou qualquer outra asneira e vai constatar que está melhor após a temporada na estação de águas. Ninguém pode escutar nossa conversa; existe um grande cômodo vazio entre a sala de espera e o consultório. Eu vou ouvi-lo e tamborilar os dedos e dizer que parece estar bem melhor, mas que mesmo assim tem algo que me preocupa um pouco... Então hei de pegar os comprimidos, explicar que aquele é um novo medicamento para evitar as doenças cardíacas (até lá preciso inventar um nome) e aconselhá-lo a tomar um no ato. Posso oferecer junto um cálice de vinho do Porto. Será que o pastor bebe vinho? Claro que bebe; eu o vi mencionar as bodas de Caná... O pastor vai receber um cálice de bom vinho. Grönstedts rótulo cinza. Eu o vejo diante de mim: primeiro beberica o vinho, depois põe o comprimido na língua e esvazia o cálice para ajudá-lo a descer. Os óculos espelham a janela e a figueira ao mesmo tempo em que escondem o olhar... Eu me viro para o outro lado, vou até a janela e olho para o cemitério, tamborilando os dedos no vidro... O pastor diz qualquer coisa, que o vinho estava bom, por exemplo, mas se detém no meio da frase... Eu ouço um baque... Ele está caído no chão...

Mas e se não quiser tomar o comprimido? Ah, o pastor devora essas coisas como se fossem doces, ele adora remédios... Mas e *se*? Ora, nesse caso não terei o que fazer; não posso matá-lo com um machado.

... Ele está caído no chão. Eu junto a caixa dos comprimidos, a garrafa e o cálice de vinho. Ligo para Kristin; o pastor está passando mal, teve um desmaio, mas logo vai passar... Sinto o pulso, o coração:

— É um infarto, digo por fim. Ele morreu.

Telefono para um colega. Sim — mas para quem? Deixe-me pensar. *Esse* não adianta; escreveu um tratado sete anos atrás que eu resenhei com um pouco de ceticismo num periódico especializado... *Esse* é esperto demais. Esse, esse e esse, viajando. *Esse* — ah, esse pode ser! Ou também esse, em caso de necessidade.

Apareço na porta da sala de espera, provavelmente um tanto pálido, e explico em voz baixa e contida que circunstâncias excepcionais obrigam-me a cancelar todas as consultas pelo restante do dia.

Meu colega chega; explico o que aconteceu: o pastor sofria do coração havia tempo. Ele lamenta em tom amistoso o infortúnio que levou um paciente a morrer justamente no meu consultório e a meu pedido escreve o atestado de óbito... Não, não vou oferecer vinho nenhum ao pastor; ele pode se respingar, ou talvez se possa notar que bebeu vinho pelo cheiro, e então pode ser complicado oferecer uma explicação... Ele vai ter de contentar-se com um copo d'água. Ademais, sou da opinião de que o vinho é prejudicial.

Mas e se pedirem uma necropsia? Nesse caso vou ter de tomar um comprimido também. Seria ilusão acreditar que é possível envolver-se numa empresa dessas sem correr nenhum risco; sempre estive ciente. Preciso estar disposto a adotar medidas extremas.

A bem dizer, a situação pede que eu mesmo seja o responsável pela necropsia. Mal consigo imaginar outra pessoa — mas, enfim, nunca se sabe... Digo para o meu colega que estou pensando em pedir uma necropsia; ele provavelmente vai responder que do ponto de vista prático seria desnecessário, uma vez que a causa da morte é evidente, mas assim mesmo talvez fosse um formalismo desejável... Depois esqueço o assunto. Seja como for, essa é uma falha no plano. Tenho de pensar mais um pouco a respeito.

Além do mais, não há como ordenar cada detalhe de antemão; o acaso vai trazer mudanças de um jeito ou de outro; é preciso contar um pouco com a arte da improvisação.

Mas tem outra coisa — inferno e maldição, como sou idiota! Não tenho que pensar somente em mim. Se o corpo do pastor Gregorius for mandado para necropsia e eu tomar um

Doutor Glas 119

comprimido para desaparecer para sempre e fazer-lhe companhia na travessia do Estige, qual seria a explicação para esse crime singular? As pessoas são curiosas. E quando os mortos levam os segredos consigo, não seria o caso de buscar as explicações nos vivos — *nela?* Ela seria levada para o tribunal, interrogada, assediada... Não tardariam a descobrir que tem um amante; que tenha desejado a morte do pastor e ansiado por vê-lo morto seria uma conclusão quase natural. Talvez ela nem se desse o trabalho de negar. Minha visão se turva... E eu teria sido o culpado de tudo, minha doce mulherzinha em flor!

Estou cego e grisalho de tanto pensar nisso.

Mas talvez — talvez eu ainda tenha uma ideia. Caso eu perceba que uma necropsia é inevitável, posso evidenciar sintomas claros de loucura antes de tomar os comprimidos. Melhor ainda — uma coisa não impede a outra —: posso escrever um documento e deixá-lo em cima da escrivaninha, no cômodo onde hei de morrer; um papel repleto de absurdos que indiquem mania de perseguição, ruminações de cunho religioso e assim por diante: o pastor me perseguiu por anos; envenenou minh'alma, e portanto envenenei-lhe o corpo; agi em legítima defesa etc. Também posso usar passagens bíblicas; sempre é possível encontrar uma que sirva. Assim o caso será esclarecido: o assassino era louco — uma explicação suficiente, que torna desnecessária a busca por qualquer outra; eu posso ter um enterro cristão e Kristin pode ver confirmada uma suspeita que sempre nutriu em silêncio — e a bem dizer nem sempre apenas em silêncio. Ela já me disse mil vezes que sou louco. Poderia dar-me um testemunho favorável, em caso de necessidade.

14 DE AGOSTO

Eu gostaria de ter um amigo a quem pudesse fazer confidências. Um amigo que pudesse me aconselhar. Mas não tenho nenhum, e mesmo que tivesse — existem limites para as exigências que podem ser feitas a um amigo.

Sempre fui um pouco solitário. Carreguei minha solidão em meio à turba como o caracol leva consigo a própria casa. Para certas pessoas a solidão não é uma circunstância fortuita, mas um traço da personalidade. E assim minha solidão torna-se cada vez maior; independente do que aconteça, independente de o plano dar certo ou errado — meu "castigo" há de ser a prisão perpétua numa solitária.

17 DE AGOSTO

Estúpido! Lixo! Cretino!

Ah, de que adiantam as invectivas? — Nada podemos contra os nossos nervos e a nossa barriga.

O horário de atendimento já havia terminado; o último paciente acabara de ir embora; eu estava postado junto à janela da sala, sem pensar em nada. De repente vi o pastor Gregorius

Doutor Glas 121

atravessando o cemitério de viés, cada vez mais perto do meu portão. Minha visão ficou turva e cinzenta. Eu não esperava por ele, e nem ao menos sabia que já estava de volta. Senti tontura, vertigem, enjoo, todos os sintomas de um homem desacostumado ao balanço do mar. Eu tinha um único pensamento: agora não, agora não! Outra hora, agora não! O pastor está nos degraus em frente à porta; o que vou fazer...? Gritei para Kristin: Se me procurarem, diga que saí...

A julgar pelos olhos arregalados e pela expressão boquiaberta com que me escutou, compreendi que meu aspecto devia ser estranho. Corri até o quarto e tranquei a porta. Mal consegui chegar até pia: e então vomitei.

*

Será que meu temor estava certo? Eu não consegui!

Devia ter acontecido agora. Quem deseja agir precisa aproveitar a oportunidade. Ninguém sabe quando há de aparecer outra vez. Eu não consegui!

21 DE AGOSTO

Hoje a vi e falei com ela.

Fiz uma caminhada por Skeppsholmen durante a tarde.

Assim que atravessei a ponte encontrei Recke; estava descendo do monte onde se localiza a igreja. Andava devagar e olhava para o chão com o lábio inferior projetado para fora enquanto batia nas pedrinhas com a bengala, e não parecia estar muito satisfeito com o mundo. Não imaginei que fosse me ver, mas assim que passamos um pelo outro ele levantou a cabeça e fez-me um aceno cordial e alegre, que promoveu uma transformação instantânea de toda sua expressão facial. Continuei pelo meu caminho, mas detive-me após dois ou três passos: ela não pode estar longe daqui, pensei. Talvez esteja no alto do monte. Os dois tiveram que se conversar e marcaram um encontro lá em cima, onde em geral não há ninguém, e para que não fossem vistos juntos ela o deixou partir na frente. Sentei-me no banco que rodeia o enorme choupo e esperei. Acho que aquela é a maior árvore em Estocolmo. Quando menino, passei muitas tardes de primavera sentado debaixo dela com a minha mãe. Meu pai nunca estava junto; não gostava de sair conosco.

...Não, ela não veio. Achei que eu a veria descendo, mas pode ser que tenha seguido por outro caminho, ou nem mesmo estado lá.

Em todo caso, subi por um caminho mais longo que passava junto à igreja — e então a vi encolhida num degrau defronte ao portão da igreja, com o corpo inclinado para frente e o queixo apoiado na mão. Estava sentada ao sol, que se punha. Por isso não me viu naquele instante.

Já na primeira vez em que a vi eu notei como ela era diferente das outras. Não parece uma dama nem uma esposa da classe média ou uma mulher do povo. Mesmo assim, talvez se

Doutor Glas 123

aproximasse mais desta última, em especial sentada no degrau da igreja, com os cabelos trigueiros soltos e livres ao sol — pois o chapéu estava ao lado dela. Mas parecia a mulher de um povo primitivo ou de um povo que nunca existiu, onde as distinções de classe ainda não houvessem começado, e onde o "povo" ainda não houvesse se tornado uma classe inferior. A filha de um povo livre.

Mas de repente notei que estava chorando. Sem nenhum soluço, apenas com lágrimas. Chorava como alguém que chorou muito e mal percebia que estava chorando.

Senti vontade de fazer a volta e ir embora, mas no mesmo instante percebi que ela me tinha visto. Fiz-lhe um cumprimento sisudo e tentei passar. Mas ela se levantou do degrau baixo com um movimento leve e delicado, avançou e estendeu-me a mão. Enxugou as lágrimas depressa, colocou o chapéu e puxou um véu cinza sobre o rosto. Permanecemos em silêncio por um instante.

— Hoje está bonito aqui em cima, eu disse por fim.

— É, respondeu ela, é uma bela tarde. E foi um belo verão. Mas logo vai acabar. As folhas já começam a amarelar. — Veja, uma andorinha!

Uma andorinha solitária passou voando tão perto de nós que cheguei a sentir um sopro de ar frio nas pálpebras; a seguir fez uma curva veloz, que para o olho deu a impressão de ser um ângulo fechado, e desapareceu no céu azul.

— Esse ano o calor chegou cedo, ela disse. E assim o outono chega mais cedo também.

— Como vai o pastor?, indaguei.

— Bem, obrigada, ela respondeu. Chegou de Porla uns dias atrás.

— E está melhor?

Ela afastou um pouco o rosto e olhou com os olhos apertados em direção ao sol.

— Do meu ponto de vista, não, respondeu em voz baixa.

Entendi na mesma hora. Tudo estava se passando como eu tinha imaginado. Ora, tampouco seria difícil adivinhar...

Uma velha varria as folhas secas. Chegou cada vez mais perto, e começamos a andar vagarosamente pelo morro. Eu pensava no pastor enquanto andava. Primeiro o assustei com a saúde da esposa, e o efeito durou pouco mais de duas semanas; depois o assustei com a própria saúde, e até mesmo com a morte, e o efeito durou seis. E durou esse tempo tão somente porque ele estava longe dela. Começo a pensar que Markel e os cirenaicos tinham razão: as pessoas não se importam com a felicidade, mas buscam o prazer. Buscam o prazer mesmo contra os próprios interesses, contra as próprias crenças e opiniões, contra a própria felicidade... E a jovem que andava ao meu lado, com as costas empertigadas e orgulhosas, mas o pescoço repleto de seda ondulante a vergar-se sob o fardo das preocupações, tinha feito a mesma coisa: buscado o prazer sem importar-se com a felicidade. E pela primeira vez me ocorreu que a mesma forma de agir inspirava-me profunda repulsa pelo velho pastor e ternura infinita por aquela jovem — inspirava-me uma reverência cheia de recato, como se eu estivesse na presença da divindade.

O sol ardia com um brilho cada vez mais tênue por entre a espessa nuvem de poeira que cobria a cidade.

— Diga-me, sra. Gregorius... Posso fazer-lhe uma pergunta?

— Pode, claro.

— Esse homem por quem a senhora está apaixonada... não faço a menor ideia de quem seja... o que pensa a respeito de tudo? O que pretende fazer? Como deseja que essa história acabe? Pois decerto não há como um casal se dar por satisfeito com essa situação?

Ela permaneceu calada por um longo tempo. Comecei a achar que eu tinha feito uma pergunta estúpida que ela não gostaria de responder.

— Ele falou em uma viagem, disse por fim.

Tive um sobressalto.

— E ele tem meios para tanto?, perguntei. Ou melhor, quer dizer então que é um homem livre, abastado, que não depende de um emprego nem de uma profissão, um homem que pode fazer o que bem entender?

— Não. Se fosse assim já teríamos partido há muito tempo. Todo o futuro dele está aqui. Mas ele quer começar uma nova carreira num país estrangeiro e distante. Talvez nos Estados Unidos.

Tive que rir por dentro. Klas Recke nos Estados Unidos! Mas logo recuperei a seriedade ao pensar nela. Pensei: lá vai afundar graças às mesmas qualidades que o mantêm com a cabeça fora d'água por aqui. E o que vai ser dela?

Perguntei:

— E a senhora... a senhora *quer* ir para o estrangeiro?

Ela balançou a cabeça. Os olhos estavam rasos de lágrimas.

— Eu preferia morrer, disse.

O sol aos poucos se afogava em meio à névoa cinzenta. Um sopro de vento frio sussurrou por entre as árvores.

— Eu não quero destruir a vida dele. Não quero ser um fardo. Por que ele haveria de viajar? Seria apenas por minha causa. A vida dele está toda aqui... A posição, o futuro, os amigos, tudo!

Eu não sabia o que responder; ela tinha razão. Então pensei em Recke. Aquela sugestão me parecia um tanto estranha vindo dele. Eu nunca esperaria qualquer coisa parecida.

— Diga-me, sra. Gregorius... Eu gostaria de me ver como um amigo; é assim que a senhora me vê, não é mesmo? Espero que não pense mal de mim por falarmos dessas coisas.

Ela abriu um sorriso para mim por entre as lágrimas e através do véu — um sorriso!

— Eu gosto muito do senhor, disse. O senhor fez por mim o que ninguém mais teria feito. Portanto, sinta-se à vontade para falar comigo sobre o que o senhor quiser. Gosto muito de ouvi-lo.

— Faz tempo que esse seu amigo tem vontade de viajar para longe com a senhora? Faz tempo que fala no assunto?

— Nunca tinha falado até esta noite. Encontramo-nos aqui pouco antes de o senhor aparecer. Ele nunca tinha me dito. E acho que nunca tinha pensado a respeito antes.

Comecei a entender... Perguntei:

— Aconteceu qualquer coisa agora para que... ele tenha tido essa ideia? Qualquer coisa preocupante?

Ela baixou a cabeça:

—Talvez.

A velha com a vassoura continuava varrendo cada vez mais próximo de nós, então aos poucos voltamos para a igreja, em silêncio. Paramos junto aos degraus onde havíamos nos encontrado. Ela estava cansada: mais uma vez sentou-se nos degraus e apoiou o queixo na mão com o olhar perdido no crepúsculo cinzento.

Permanecemos calados por um bom tempo. Tudo estava em silêncio ao nosso redor, porém mais acima o vento soprava com uma nota mais aguda do que aquela que pouco tempo atrás havia feito soar entre as copas das árvores, e já não havia mais nenhum resquício de calor no ar.

Ela estremeceu de frio.

— Eu quero morrer, disse. Eu quero tanto morrer! Sei que recebi tudo que me cabia, tudo que eu merecia. Nunca mais vou ser tão feliz como fui nessas semanas. Raramente um dia se passa sem que eu chore; mas conheci a felicidade. Não me arrependo de nada, mas quero morrer. Mesmo assim, é muito difícil. Penso que o suicídio é uma coisa horrível, especialmente para uma mulher. Tenho uma repulsa enorme por toda sorte de violência contra a natureza. E tampouco gostaria de ser causa de tristeza para ele.

Permaneci calado e deixei-a falar. Ela apertou os olhos mais uma vez.

— É, o suicídio é horrível. Mas pode ser ainda mais horrível viver. É desesperador ver que muitas vezes as únicas escolhas ao nosso alcance são coisas horríveis. Ah, se eu pudesse morrer!

"Não tenho medo da morte. Não teria nem mesmo se eu acreditasse que existe qualquer coisa depois. Não fiz nenhum mal e nenhum bem que eu pudesse ter feito de outra forma; fiz o que tive que fazer, tanto nas coisas pequenas como nas grandes. O senhor lembra que uma vez lhe falei sobre o meu amor da juventude, e que eu disse que me arrependia de não ter me entregado? Pois não me arrependo mais. Não me arrependo de mais nada, nem mesmo do meu casamento. Nada podia ter acontecido de maneira diferente.

"Mas não acho que exista qualquer coisa após a morte. Na minha infância eu imaginava a morte como um passarinho. Num livro ilustrado sobre a história do mundo que o meu pai tinha, vi que os egípcios também a representavam como um pássaro. Mas um pássaro não consegue voar para além do ponto em que o ar termina, e o ar não custa a terminar. Portanto, o lugar dos pássaros é na terra. Na escola tínhamos um professor de ciências naturais que nos explicou que nada do que existe na terra pode se afastar dela".

— Temo que ele possa ter se enganado, acrescentei.

— Pode ser. Mesmo assim eu abandonei minha crença nos pássaros, e a alma tornou-se menos definida para mim. Anos atrás eu li tudo que pude encontrar sobre religião e temas similares, tanto contra quanto a favor. Ajudou-me muito a organizar minhas ideias, mas nem assim consegui descobrir o que eu mais queria saber. Existem pessoas que escrevem incrivelmente bem, e acredito que assim conseguem provar qualquer coisa. Sempre achei que a razão estava com o autor que escrevia melhor. Eu idolatrava Viktor Rydberg. Mas eu sentia e compreendia que em relação à vida e à morte eu não sabia nada.

"Mas — nesse instante um intenso rubor cobriu-lhe as faces na escuridão — mas nos últimos tempos eu descobri mais

Doutor Glas 129

coisas sobre mim do que em todo o restante da minha vida. Conheci o meu corpo. E ao conhecê-lo eu compreendi que o meu corpo sou eu. Não existe nenhuma alegria, nenhuma tristeza e nenhuma vida fora dele. E o meu corpo sabe que precisa morrer. Ele sente, como os bichos sentem. E assim eu sei que não existe nada para mim depois da morte".

A noite havia caído. O murmúrio da cidade chegava com mais força na escuridão, e as luzes começaram a se acender nas curvas ao longo dos cais e das pontes.

— É, respondi, o seu corpo sabe que um dia há de morrer. Mas ele *não deseja* morrer; pelo contrário, deseja viver. Não deseja morrer antes que esteja cansado e recurvado sob o peso dos anos. Consumido pelo sofrimento e exaurido pelo desejo. Só então o corpo deseja morrer. A senhora acha que quer morrer porque as coisas estão muito difíceis agora. Mas na verdade a senhora não quer, e eu sei que a senhora não pode querer. Dê tempo ao tempo. Viva um dia de cada vez. As coisas podem mudar antes do que a senhora imagina. A senhora também pode mudar. Hoje, está forte e sadia, e pode tornar-se ainda mais forte; a senhora tem o dom de crescer e se renovar.

Um calafrio atravessou-lhe a figura. Ela se levantou:

— Já está tarde. Preciso ir para casa. E não podemos sair juntos daqui; não seria bom que nos vissem juntos. Saia por lá, e eu saio pelo outro lado. Boa noite!

Ela me estendeu a mão. Eu disse:

— Eu gostaria muito de beijar-lhe o rosto. Será que posso?

Ela levantou o véu e inclinou o rosto para frente. Eu a beijei. Ela disse:

— Eu quero beijar a sua testa. É uma testa bonita.

O vento soprou com força nos meus cabelos minguantes quando descobri a cabeça. E ela segurou-a entre as mãos quentes e macias e me beijou — com modos solenes, como numa cerimônia.

22 DE AGOSTO

Que manhã! Há um leve sentimento de outono na atmosfera revigorante. E silêncio.

Encontrei a sra. Mertens em minha cavalgada matinal e troquei com ela algumas palavras alegres quando passamos um pelo outro. Gosto dos olhos dela. Acho que são mais profundos do que parecem à primeira vista. E o cabelo... Mas além disso não há muitas outras coisas na lista de méritos. Claro, ela também é uma pessoa de bom caráter.

Cavalguei por Djurgården pensando o tempo inteiro nela, sentada nos degraus da igreja, olhando para o sol e chorando, ansiosa por morrer. E a bem dizer: se nenhuma ajuda chegar, se nada acontecer — se não acontecer o que estou pensando —, então qualquer tentativa de oferecer consolo não será mais do que um falatório ridículo; foi o que senti enquanto conversava com ela. Nesse caso ela tem razão; seria mil vezes preferível sair em busca da morte. Ela não pode continuar aqui

Doutor Glas 131

nem viajar. Viajar — com Klas Recke? Transformar-se num fardo e num grilhão preso ao tornozelo? Eu a abençoo por não querer essa vida. Acabaria com os dois. Dizem que Recke tem uma situação muito boa aqui, com um pé no departamento e o outro no mundo das finanças; ouvi chamarem-no de homem de futuro, e se tem dívidas, não está em pior situação do que muitos outros "homens de futuro" pouco antes de conquistar a posição que almejam. Ele tem apenas o talento necessário para seguir adiante — no ambiente adequado, naturalmente; não é nenhuma força da natureza. "Começar uma nova carreira"… Não, não é essa a vocação dele. E ela tampouco pode continuar levando a vida como antes. Prisioneira em uma nação inimiga. Ter os filhos sob o teto de um homem estranho e ser obrigada a trapacear e a mentir para ele e a testemunhar a repugnante alegria de pai — talvez em meio a suspeitas que não consegue admitir nem para si mesmo, e que no entanto serviriam para envenenar-lhe ainda mais a vida… Não, *não há* como; tudo acabaria em catástrofe se ela tentasse… Ela precisa se libertar. Precisa ser dona de si e decidir o próprio rumo e o dos filhos. Assim tudo pode se ajeitar para ela; assim a vida pode se tornar possível e boa. Fiz um juramento em minh'alma: ela há de ser livre.

Senti uma tensão sombria agora há pouco, durante o meu horário de atendimento. Achei que o pastor viria hoje; imaginei ter sentido na pele… Ele não veio, mas não importa; quando quer que apareça, vou estar pronto. O que aconteceu na quinta-feira não se repetirá.

Agora vou sair para jantar. Eu gostaria de encontrar Markel, pois assim poderia convidá-lo para jantar no Hasselbacken. Quero conversar e beber vinho e ver gente.

Kristin já preparou o jantar e está furiosa, mas não importa.

(MAIS TARDE.)

Agora não há mais retorno. Está feito. Foi muito estranho. O acaso preparou tudo de maneira um tanto singular. Quase me vi tentado a acreditar numa providência.

Sinto-me vazio e leve como um ovo soprado. Agora há pouco, quando atravessei a porta da sala e me vi no espelho, sobressaltei-me com a expressão no meu rosto: era vazia e apagada, e não sei por que me levou a pensar no relógio sem ponteiros que trago no bolso. Então perguntei a mim mesmo: o que você fez hoje — era mesmo tudo o que havia dentro de você? Será que ainda sobrou alguma coisa por dentro?

Absurdo. Essa impressão vai passar. Sinto a cabeça um pouco cansada. Mas acredito estar no meu direito.

São sete e meia; o sol acaba de se pôr. Eram quatro e quinze quando saí. Três horas, portanto... Três horas e alguns minutos.

...Saí, portanto, com a intenção de jantar; cruzei o cemitério; atravessei o portão; detive-me por um instante em frente à vitrine do relojoeiro, recebi o cumprimento sorridente e corcunda do homem lá dentro e o cumprimentei de volta. Lembro-me de ter feito a seguinte reflexão: toda vez que eu vejo um corcunda, sinto-me um pouco corcunda por simpatia. Provavelmente um reflexo da solidariedade para com a desgraça alheia que nos é incutida na infância... Cheguei à

Doutor Glas 133

Drottninggatan; entrei na Havannamagasinet e comprei dois charutos Upmann. Dobrei na esquina com a Fredsgatan. Quando cheguei a Gustav Adolfs Torg olhei de relance para a janela do Rydbergs, achando que talvez Markel estivesse lá com um copo de absinto, como às vezes costuma fazer; mas encontrei apenas Birck com um copo de limonada. Birck é uma figura aborrecida; eu não tinha vontade nenhuma de jantar em companhia dele... Na banca de jornais, comprei um exemplar do Aftonblad e enfiei-o no bolso. Talvez houvesse novidades sobre o caso Dreyfus, pensei... Mas o tempo inteiro eu andava e tentava imaginar uma forma de falar com Markel. Telefonar para o jornal não adiantaria, posto que nunca está lá quando deveria estar; e, enquanto eu pensava, entrei numa tabacaria e telefonei. Markel tinha acabado de sair... Ao passar por Jakobs Torg avistei o pastor Gregorius vindo em minha direção ao longe. Preparei-me a fim de cumprimentá-lo quando de repente percebi que não era o pastor. Na verdade, não havia sequer uma semelhança notável.

— Muito bem, pensei, então hei de encontrá-lo em breve.

De acordo com uma superstição bastante disseminada para a qual minha experiência já tinha oferecido confirmações um tanto sombrias em certas ocasiões, esse tipo de equívoco em relação a uma pessoa deve ser interpretado como um alerta. Lembrei-me até mesmo de ter lido, num jornal pretensamente científico sobre "estudos psíquicos", uma história a respeito de um homem que, após um desses "alertas", dobrou às pressas em uma rua lateral para evitar o encontro com uma pessoa desagradável — e assim caiu direto nos braços de quem pretendia evitar... Mas eu não dava crédito a essas cretinices, e meus pensamentos continuaram o tempo inteiro na busca incessante por Markel. Ocorreu-me que por duas ou três vezes, por volta daquele horário, eu o tinha encontrado no quiosque da praça; então fui para lá. Naturalmente ele não estava lá, porém sentei-me mesmo assim num dos sofás sob as grandes árvores junto ao muro do cemitério para beber um copo de água de Vichy enquanto corria os olhos pelo meu Aftonblad. Eu mal o tinha desdobrado e fixado os olhos na manchete em negrito: o Caso Dreyfus — quando ouvi passos rumorosos e pesados na areia, e de repente o pastor Gregorius surgiu diante de mim.

— O senhor por aqui, doutor? Bom dia. Posso me sentar um pouco? Pensei em tomar um copo de água de Vichy antes do jantar. Não deve fazer mal ao coração, não é mesmo?

— O gás carbônico não é bom, respondi, mas um copo pequeno de vez em quando não pode fazer grandes males. Como o senhor está, agora que voltou da estação de águas?

— Ótimo. Acho que a estada me fez muito bem. Tentei aparecer para uma consulta uns dias atrás, talvez na quinta-feira, mas cheguei tarde demais. O senhor já tinha saído.

Respondi que em geral posso receber pacientes até meia hora depois do horário de atendimento, mas que naquele dia em particular eu tive de sair um pouco mais cedo que o normal. Convidei-o a aparecer no consultório amanhã. O pastor disse que talvez não desse tempo, mas de qualquer modo tentaria.

— Porla é um lugar bonito, disse.

(Porla é um lugar horrível. Mas o pastor Gregorius, como

Doutor Glas 135

todo citadino, tem o costume de achar qualquer "campo" bonito, independente do aspecto que tenha. Além do mais, a viagem tinha custado dinheiro, e assim era importante tirar o maior proveito das despesas incorridas. Por isso achou o lugar bonito.)

— É, respondi, Porla é um lugar um tanto bonito. Mesmo assim, é um tanto menos bonito do que os outros lugares em geral.

— Ronneby talvez seja mais bonito, o pastor admitiu. Mas é uma viagem muito longa e muito cara até lá.

Uma moça serviu-nos a água — duas garrafas pequenas.

De repente me ocorreu uma ideia. Se ainda tinha de acontecer — por que não naquela ocasião? Por que não naquele exato instante? Olhei ao redor. Não havia ninguém nas proximidades. Em uma mesa distante estavam três senhores, dentre os quais eu conhecia um — um velho capitão da cavalaria reformado; mas os três falavam alto e contavam histórias e riam, e não poderiam escutar o que dizíamos nem ver o que fazíamos. Uma menina suja e de pés descalços se aproximou e ofereceu-nos flores; balançamos a cabeça e ela desapareceu em silêncio, como havia chegado. O areal do parque estava praticamente vazio naquela hora da tarde. De quando em quando um pedestre aparecia na esquina da igreja e descia rumo à avenida. O sol quente do fim de tarde dourava a fachada amarela do Dramatiska Teatern em meio às tílias. Na calçada o diretor administrativo conversava com o diretor cênico. A distância transformava-os em miniaturas, cujas silhuetas somente um olhar que já os conhecesse poderia apreender e interpretar. O diretor cênico era denunciado pelo fez vermelho, que se transformava em faísca com a luz do sol; o diretor administrativo era denunciado pelos movimentos delicados das mãos, que pareciam dizer: ora, pelo amor de Deus, as coisas têm sempre dois lados! Eu estava convencido de que estava dizendo uma frase do tipo; percebi o leve dar de ombros e imaginei ouvir a entonação da voz. E tratei de empregar aquelas palavras também no meu caso. As coisas têm sempre dois lados. Mas nunca se deve manter os olhos fixos nos dois, pois no fim somos obrigados a escolher somente um. E eu já tinha feito a minha escolha muito tempo atrás.

Peguei a caixa do relógio no bolso do meu colete, segurei um comprimido entre o polegar e o indicador, virei-me um pouco de lado e fingi tomá-lo. Em seguida tomei um gole do meu copo d'água como que para ajudar o comprimido a descer. O pastor demonstrou interesse imediato:

— O senhor está tomando um remédio?, perguntou.

— Estou, respondi. O senhor não é o único a ter problemas de coração. O meu tampouco funciona como devia. No meu caso é porque fumo demais. Se eu conseguisse largar o fumo, nunca mais precisaria tomar essas porcarias. Este é um medicamento novo; li ótimas recomendações nos periódicos alemães, mas achei melhor experimentá-lo pessoalmente antes de receitá-lo no consultório. Venho tomando o medicamento há cerca de um mês e realmente me parece extraordinário. Basta tomar um comprimido pouco antes do jantar para conter o mal-estar e as palpitações logo após as refeições. O senhor gostaria de experimentar?

Doutor Glas 137

Estendi-lhe a caixa com a tampa aberta e torci para que não percebesse tratar-se da caixa de um relógio, pois assim teria motivo para fazer mais perguntas e observações desnecessárias.

— Muito obrigado, disse o pastor.

— Posso dar-lhe uma receita amanhã, eu acrescentei.

Ele tomou um comprimido sem fazer mais nenhuma pergunta e engoliu-o com um gole d'água. Meu coração pareceu deter-se por um instante. Olhei reto à minha frente. A praça estava vazia e seca como um deserto. Um policial solene passou-nos, deteve o passo, retirou um grão de pó do uniforme bem-escovado e continuou a fazer a ronda. O sol continuava a brilhar quente e amarelo sobre a parede do Dramatiska Teatern. O diretor administrativo de repente fez um gesto que raramente usa — o gesto judaico com as palmas da mão voltadas para fora, o gesto do comerciante que significa: estou me virando do avesso, não escondo nada, as cartas estão todas na mesa. E o fez vermelho acenou duas vezes.

— Esse quiosque é antigo, disse o pastor. Sem dúvida é o mais antigo do tipo em Estocolmo.

— É, respondi sem virar a cabeça, é bem antigo mesmo.

O relógio marcou quinze para as cinco na Jakobs Kyrka.

Peguei meu relógio com um gesto mecânico para ver se marcava a hora certa, porém meus dedos estavam confusos e trêmulos; derrubei o relógio no chão e o vidro quebrou-se. Quando me inclinei para juntá-lo, vi que havia um comprimido no chão; era o comprimido que eu fingira tomar. Esmaguei-o com o pé. No mesmo instante ouvi o copo do pastor cair em cima da bandeja. Eu não queria olhar naquela direção, mas assim mesmo vi o braço dele perder a força e a cabeça prostrar-se contra o peito com os olhos arregalados...

Talvez pareça ridículo, mas é a terceira vez desde que voltei para casa que subo para ver se a porta está trancada. O que tenho a temer? Nada. Absolutamente nada. Desempenhei minha tarefa com discrição e competência, independente do que mais se possa dizer. O acaso também me ajudou. Foi sorte ter visto o comprimido no chão e depois o esmagado com o pé. Se eu não tivesse derrubado o relógio, provavelmente não o teria visto. Então foi sorte ter derrubado o relógio...

O pastor morreu de infarto; eu mesmo escrevi o atestado. Estava resfolegante e tinha o corpo muito quente depois de andar sob o forte calor do verão; então bebeu um copo inteiro de água de Vichy rápido demais sem esperar que o gás se dissipasse. Expliquei a situação ao policial solene, que tinha esperado e depois retornado, para a jovem garçonete assustada e para muitos outros curiosos que haviam se reunido. Eu tinha aconselhado o pastor a deixar a água descansar e esperar que o gás se dissipasse por alguns instantes antes de beber, mas ele estava com muita sede e não me deu ouvidos. "É", disse o policial, "eu vi mesmo que esse senhor estava bebendo com muita sede e afobação quando passei agora há pouco, e ainda pensei: isso não vai fazer bem para ele..." Dentre os transeuntes que pararam havia um jovem sacerdote que conhecia o falecido. Ofereceu-se para dar a notícia à sra. Gregorius da forma mais delicada possível.

Não tenho nada a temer. Mas então por que confiro a minha porta sem parar? Porque sinto a enorme pressão atmosférica

Doutor Glas 139

na opinião dos outros; os vivos, os mortos e os ainda não nascidos estão reunidos lá fora e ameaçam derrubar a porta e me esmagar, me pulverizar... Por isso confiro a fechadura.

...Quando finalmente consegui voltar a mim peguei um bonde — o primeiro que apareceu. Fui levado até Kungsholmen. Depois segui pela estrada em direção a Tranerbergsbro. Havíamos passado um verão lá, quando eu tinha quatro ou cinco anos. Foi onde fisguei minha primeira perca com um alfinete torto. Lembro-me do lugar exato onde eu havia ficado. Passei muito tempo por lá, inspirando os cheiros familiares de água parada e alcatrão secado ao sol. Também naquele instante, pequenas e ligeiras percas deslizavam de um lado para outro na água. Lembro-me da cobiça que senti ao vê-las na minha infância e do meu desejo ardente de poder fisgá-las. E quando finalmente consegui e uma perca pequena, minúscula, com menos de dez centímetros de comprimento, debateu-se no gancho, berrei de encanto e fui correndo para casa mostrar o peixinho que se agitava e tremia entre os meus dedos fechados... Eu queria comê-lo no jantar, mas a minha mãe deu-o para o gato. E assim também foi divertido. Vê-lo brincar com o peixe e depois ouvir o estalo das espinhas por entre as presas...

No caminho de volta para casa entrei no Piperska Muren para jantar. Não achei que eu pudesse encontrar conhecidos por lá, mas dois colegas médicos gesticularam para que eu me sentasse na mesa deles. Tomei um copo de cerveja e fui embora.

O que vou fazer com essas páginas? Por enquanto venho-as guardando na gaveta oculta da secretária: mas não é uma boa ideia. Um olho um pouco mais experiente percebe de imediato que num móvel antigo como esse deve haver uma gaveta oculta, e assim não tarda a descobri-la. Se apesar de tudo acontecer qualquer coisa, qualquer coisa que eu não tenha previsto, e resolverem fazer uma revista na minha casa, meus diários seriam encontrados sem demora. Mas então o que devo fazer? Já sei: tenho caixas de papelão na minha estante, pastas em formato de livro, repletas de anotações científicas e outros papéis antigos — tudo cuidadosamente ordenado e etiquetado. Posso guardar essas páginas junto com as anotações de ginecologia. E também posso misturá-las às folhas de meus diários mais antigos; eu já mantive outros diários — nunca de forma ordeira durante um tempo duradouro, mas com uma certa periodicidade... Enfim, por enquanto não importa. Sempre posso queimar tudo se for preciso.

*

Acabou — estou livre. Agora quero me livrar disso, quero pensar em outra coisa.

Mas no quê?

Sinto-me cansado e vazio. Sinto-me completamente vazio. Como uma bolha d'água espetada por uma agulha.

O fato é que estou com fome. Kristin vai ter de esquentar a comida e servir-me.

23 DE AGOSTO

Choveu e ventou durante a noite inteira. A primeira tempestade de outono. Fiquei acordado na cama ouvindo dois galhos roçarem-se na grande castanheira defronte à minha janela. Lembro-me de que subi e sentei-me à janela durante um tempo para ver os rasgos de nuvem correrem uns atrás dos outros. O reflexo dos lampiões a gás conferia-lhes um brilho vermelho-tijolo e queimado. Tive a impressão de que o coruchéu da igreja vergava-se com a tempestade. As nuvens ganharam formas, transformaram-se numa caçada empreendida por demônios vermelhos e sujos que faziam soar cornetas e assoviavam e gritavam e arrancavam pedaços uns dos outros enquanto perpetravam toda sorte de concupiscência. E ao vê-los, de repente comecei a rir: eu ria da tempestade. Achei que estava fazendo muito barulho por conta do ocorrido. Reagi como o judeu que viu um raio cair enquanto saboreava costeletas de porco: ele achou que era por causa daquela carne. Eu pensava em mim, e portanto acreditei que a tempestade fazia o mesmo. Por fim adormeci na minha cadeira. Um calafrio me acordou; fui para a cama, porém não consegui mais dormir. Por fim chegou um novo dia.

A manhã está calma e cinzenta; mas não para de chover. Peguei um resfriado terrível e já encharquei três lenços.

Quando abri o jornal para tomar o desjejum, vi que o pastor Gregorius havia morrido. De um infarto fulminante... No quiosque de bebidas em Kungsträdgården... Um de nossos médicos mais conhecidos, que por acaso fazia-lhe companhia, não pôde fazer mais do que constatar o óbito... O falecido era um dos pregadores mais populares e mais admirados da capital... Um homem simpático e de coração enorme... Cinquenta e oito anos... Deixa a esposa, nascida Waller, e a mãe idosa.

Ora, pelo amor de Deus — esse é o caminho que nós todos vamos seguir. E além do mais o pastor sofria do coração.

Mas então tinha uma mãe idosa. Eu não sabia. Ela deve ser muito velha.

...Há algo de triste e desagradável nessa peça, em especial em dias chuvosos como hoje. Tudo aqui é velho e escuro e um pouco carcomido pelas traças. Mas eu não gosto de móveis novos. Mesmo assim, creio que posso encomendar cortinas novas para a janela; são demasiado escuras e pesadas e impedem que a luz chegue aqui dentro. Um dos lados também está chamuscado desde aquela noite no verão passado, quando a luz bruxuleou e a cortina pegou fogo.

"Aquela noite no verão passado..." Deixe-me pensar... quanto tempo faz? — Duas semanas. E eu achava que uma eternidade inteira havia passado desde então.

Quem poderia imaginar que a mãe dele era viva...?

Que idade teria a minha mãe se ainda vivesse? Ah, não seria tão velha assim. Mal haveria completado sessenta anos.

Teria cabelos grisalhos. Talvez sentisse dificuldade para subir ladeiras e escadas. Os olhos azuis, mais claros que todos os outros, estariam ainda mais claros por causa da velhice, e haveriam de sorrir por sob os cabelos brancos. Ela se alegraria

Doutor Glas 143

ao ver como as coisas deram certo para mim, ainda que pudesse entristecer-se por causa do meu irmão Ernst, que mora na Austrália e nunca manda notícias. Minha mãe nunca sentia outra coisa que não tristeza e preocupação em relação a Ernst. E por esse motivo gostava mais dele. — Mas quem sabe? Talvez houvesse mudado se ainda estivesse viva.

Ela morreu cedo demais.

Mas é bom que tenha morrido.

(MAIS TARDE.)

Agora há pouco, quando voltei para casa ao cair da noite, parei como que petrificado junto ao limiar da sala. Na mesa à minha frente havia um buquê de flores escuras e um cálice. Foi durante o cair da noite. As flores enchiam a sala com um denso aroma.

Eram rosas. Rosas vermelhas e escuras. Duas ou três eram quase pretas.

Permaneci imóvel no cômodo, que parecia enorme ao cair da noite, e quase não tinha coragem suficiente para me mexer ou respirar. Tive a impressão de caminhar num sonho. As flores e o espelho — eram as flores escuras do meu sonho.

Por um instante senti medo. Pensei: é uma alucinação; estou perdendo o juízo; meu fim se aproxima. Não tive coragem de avançar e tomar as flores na mão por medo de não encontrar nada além do vazio. Entrei no meu estúdio. Em cima da escrivaninha havia uma carta. Abria-a com os dedos trêmulos, imaginando que pudesse estar relacionada às flores; mas era o convite para um jantar. Li-o e escrevi uma palavra em resposta num cartão de visita: "vou". Depois voltei à sala: as flores continuavam lá. Toquei a sineta para chamar Kristin; eu queria perguntar quem havia trazido as flores. Mas ninguém atendeu o meu chamado; Kristin havia saído. Não havia ninguém na casa além de mim.

Minha vida mistura-se aos meus sonhos. Já não consigo manter a vida e o sonho apartados. Conheço essas coisas; já li a respeito em grandes livros: este é o princípio do fim. Mas o fim chegaria mais cedo ou mais tarde, e nada tenho a temer. Minha vida torna-se cada vez mais sonho. Talvez nunca tenha sido outra coisa. Talvez eu haja sonhado o tempo inteiro — sonhado que sou médico e que me chamo Glas e que existe um pastor chamado Gregorius. E a qualquer momento posso despertar como varredor de rua ou bispo ou menino ou cachorro — não sei...

Absurdo. Quando sonhos e premonições começam a se concretizar — não para criadas ou para velhas supersticiosas, mas para indivíduos altamente organizados —, a psiquiatria identifica o sintoma de um surto psíquico em estágio inicial. Mas que explicação oferecer a uma coisa dessas? A explicação é que na maioria absoluta das vezes os sonhos não se "concretizam"; simplesmente *pensamos* que tudo foi um sonho, ou então que tivemos exatamente a mesma experiência numa ocasião prévia. Mas eu tinha anotado o meu sonho com as flores escuras! E as flores não são nenhuma alucinação; estão em cima da mesa, trescalando perfume, vivas, e alguém as trouxe até aqui.

Mas quem? Tenho um único palpite. Será que ela *compreen-*

Doutor Glas 145

deu? Compreendeu e apreciou e enviou essas flores como um símbolo de cumplicidade e gratidão? É loucura — não pode ser. Essas coisas não acontecem; não podem acontecer. Seria pavoroso. Não seria adequado. Existem limites para o que uma mulher pode compreender! Se assim for, então não entendo mais nada — não quero mais participar desse jogo.

Mesmo assim são belas flores. Será que devo colocá-las na escrivaninha? Não. Vão permanecer onde estão. Não quero tocá-las. Tenho medo. Tenho medo!

24 DE AGOSTO

Meu resfriado virou uma pequena gripe. Fechei minha porta aos pacientes para não contagiá-los e não saio de casa. Cancelei minha ida ao jantar de Rubin. Não consigo fazer nada, nem mesmo ler. Há pouco joguei paciência com o baralho antigo que herdei do meu pai. Acho que deve haver uma dúzia de baralhos antigos na gaveta da encantadora mesa de jogos em mogno — um móvel que poderia me arruinar caso eu tivesse a menor predisposição ao jogo. A superfície revela um revestimento de feltro verde quando é aberta; tem sulcos compridos para as fichas ao longo das bordas e detalhes muito sutis em marchetaria.

Ah, além desta mesa o meu bom e velho pai não me deixou quase nada.

Chuva e mais chuva... E não chove água, mas sujeira. A atmosfera não está mais cinza, porém marrom. E quando a chuva às vezes amaina um pouco, o céu refulge com um brilho amarelo e sujo.

Acima das cartas de paciência em minha mesa estão as pétalas de uma rosa. Não sei por que resolvi despetalar a flor. Talvez por ter lembrado que nós, ainda em criança, costumávamos amassar pétalas de rosa num pilão e fazer bolinhas duras, que enfiávamos num cordão para regalar nossa mãe com um colar de aniversário. Essas bolinhas tinham um cheiro muito agradável. Porém dias mais tarde murchavam como passas e acabavam no lixo.

Rosas — ah, eis mais uma história. A primeira coisa que vi ao entrar na sala hoje pela manhã foi um cartão de visita que estava em cima da penteadeira, junto ao vaso de flores: Eva Mertens. Ainda não consigo entender como o cartão me passou despercebido ontem. Tampouco como, nos confins mais longínquos do inferno, aquela boa e doce garota poderia ter a ideia de mandar flores para mim, pecador indigno que sou. Posso adivinhar a razão mais profunda graças a um esforço da minha razão e a uma vitória sobre a minha timidez; mas qual seria o pretexto? A desculpa? Por mais que eu rumine, não consigo encontrar nenhuma outra explicação a não ser a seguinte: ela leu ou então ouviu falar que presenciei o triste falecimento do pastor; imaginou que eu estivesse profundamente abalado e por esse motivo resolveu mandar-me esta prova de solidariedade. Agiu de repente, por impulso, como lhe pareceu natural. Aquela garota tem um bom coração...

Doutor Glas 147

Se eu a deixaria me amar? Sinto-me tão sozinho! No inverno passado eu tive um gato brasino, mas ele fugiu na primavera. Lembro-me dele agora, quando o brilho da primeira flama de outono dança sobre o tapete chamejante: era bem ali, em frente ao forno, que tinha por hábito deitar-se para ronronar. Em vão esforcei-me por cair nas graças do gato. Ele tomava o meu leite e se aquecia junto ao meu fogo, mas o coração permanecia sempre frio. Murre, o que aconteceu com você? Você tinha uma disposição ruim. Temo que possa ter encontrado a decadência, caso ainda vague por esta terra. Essa noite ouvi um gato miar no cemitério, e tive a certeza de reconhecer a voz.

*

Quem foi que disse: "A vida é curta, mas as horas são longas"? Devia ter sido um matemático, como Pascal, mas com certeza foi Fénelon. Pena que não fui eu.

*

Por que eu tinha sede de agir? Talvez acima de tudo para curar meu desalento. *"L'ennui commun à toute créature bien née"*, para usar as palavras da rainha Margot de Navarra. Mas faz muito tempo que esse privilégio era restrito às "criaturas bem-nascidas". A julgar por mim e por outras pessoas que conheço, tenho a impressão de que, junto com a educação e o bem-estar social, espalha-se também em meio ao populacho.

A ação surgiu para mim como uma grande e estranha nuvem que soltou um raio e passou. Restou apenas o desalento. Esse tempo infernal trouxe junto a gripe. Em dias como esse, tenho a impressão de que o odor de cadáveres velhos se desprende do cemitério e atravessa minhas paredes e janelas. A chuva pinga no parapeito. Sinto como se pingasse no meu cérebro para furá-lo. — Existe alguma coisa errada com o meu cérebro. Não sei se está melhor ou pior, mas o certo é que não está como antes. Por outro lado, ao menos sinto que meu coração está em paz. Plip — plip — plip. Por que as duas arvorezinhas junto ao túmulo de Bellman são tão tristes e tão delgadas? Acho que estão doentes. Talvez envenenadas pelos gases. O velho Karl Mikael devia repousar sob grandes árvores farfalhantes. Ah, dormir — será que podemos dormir? De verdade? Se ao menos soubéssemos... Acodem-me dois versos de um poema famoso:

L'ombre d'un vieux poète erre dans la gouttière
avec la triste voix d'un fantôme frileux.

"A sombra de um velho poeta erra na calha com a triste voz de um fantasma friorento." Foi sorte de Baudelaire não ter visto como os versos soariam em sueco. A língua que nos coube é uma verdadeira maldição. As palavras pisam umas nos pés das outras e se empurram pela sarjeta. E tudo parece tão concreto e grosseiro! Nada de sutilezas, nada de insinuações e transições suaves. Uma língua que parece ter sido criada para que a escória possa fazer jorrar a verdade o tempo inteiro, faça chuva ou faça sol.

Doutor Glas 149

Está cada vez mais escuro: uma escuridão de dezembro em pleno agosto. As pétalas pretas já murcharam. Porém as cartas em cima da mesa brilham em cores gritantes em meio a todo o cinza para lembrar-me de que foram criadas para dissipar a melancolia de um príncipe doente e louco. Mas aterrorizo-me ao pensar no trabalho de juntá-las e endireitar as que estão viradas e embaralhá-las para mais um jogo de paciência; não consigo fazer nada além de permanecer sentado e ouvindo que "o valete de ouro e a dama de espada conversam tristes sobre amores defuntos", como diz o mesmo soneto.

Le beau valet de coeur et la dame de pique
causent sinistrement de leurs amours défunts.

Eu podia ter vontade de ir até o velho e sujo barraco no outro canto do cemitério para beber cerveja com as moças. Fumar um cachimbo azedo, jogar um carteado com a madame e oferecer-lhe bons conselhos para o reumatismo. Ela esteve aqui na semana passada reclamando da vida, ainda que esteja gorda e exuberante. Tinha um grosso broche de ouro sob o papo e pagou-me em dinheiro com uma nota de cinco coroas. Ela merece ser lisonjeada com uma contravisita.

A campainha tocou na porta do vestíbulo. Kristin atende… Quem poderia ser? Eu avisei que não faria consultas hoje… Um detetive…? Fingindo precisar de tratamento, apresentando-se como paciente? Entre, meu velho; posso cuidar de você…

Kristin abriu uma brecha na porta e largou uma carta com

bordas pretas em cima da minha escrivaninha. Um convite para comparecer ao enterro...

*

— Ah, minha proeza... "Caso o senhor queira ler a história em versos heroicos, há de custar oito *skilling*..."

25 DE AGOSTO

Vi no meu sonho os vultos da minha juventude. Vi a garota que beijei no solstício de verão muito tempo atrás, quando eu ainda era jovem e não tinha matado ninguém. Também vi outras jovens que pertenciam ao nosso círculo naquela época; uma que estudava a Bíblia no ano em que prestei meu exame e que nunca queria falar comigo sobre religião; uma outra que era mais velha do que eu e gostava de falar comigo aos sussurros durante o crepúsculo, atrás da moita de jasmim em nosso pátio. E também uma outra que sempre me fazia de bobo, mas ficou injuriada e chorou convulsivamente na vez em que a fiz de boba... Andavam todos com os rostos pálidos em um crepúsculo pálido; os olhos estavam arregalados e assustados, e fizeram sinais uns para os outros quando me aproximei. Eu queria falar-lhes, porém me viraram as costas e não me responderam. No sonho, pensei: cla-

Doutor Glas 151

ro; ninguém me reconhece; eu mudei um bocado. Porém no mesmo instante percebi que eu enganava a mim mesmo, e que todos me reconheciam muito bem.

Quando acordei, desatei a chorar.

27 DE AGOSTO

Mais um dia que se passa; é noite mais uma vez e estou sentado à minha janela.

Minha solitária, minha cara!

Acaso já sabes? Acaso sofres? Observas-me com olhos despertos à noite? Contorces teu corpo em angústia na cama?

Choras? Ou já não tens mais lágrimas?

Talvez ele continue a enganá-la. Sem dúvida é um homem desvelado. Desvela-se para que ela chore a perda do marido. E ainda não a deixou perceber. Ela dorme bem e não sabe de nada.

Minha cara, tens de ser forte quando a hora chegar. Tens de superar a tudo. Assim hás de ver que a vida ainda tem muito a oferecer-te.

Precisas ser forte.

28 DE AGOSTO

O enterro foi hoje, na Jakobs Kyrka.

Fui até lá: queria vê-la. Queria ver se eu conseguia captar uma faísca daqueles olhos estrelados por trás do véu. Mas ela permaneceu encolhida sob o luto e não ergueu as pálpebras.

O oficiante abriu com as palavras do Eclesiástico: "Entre a manhã e a tarde muda o tempo, e tudo isto acontece num instante aos olhos de Deus." Dizem que é um filho do mundo. E é verdade que já vi aquele crânio lustroso reluzir no parquê do teatro, e aquelas mãos brancas formarem discretos aplausos. Mas ele é um orador excepcional nos assuntos do espírito, e é provável que tenha se comovido profundamente com as antigas palavras, que em gerações imemoriais soaram em casos de morte repentina e junto a túmulos cavados às pressas, e que expressam de forma pungente o terror dos filhos dos homens sob a mão desconhecida que ensombrece o mundo onde habitam e, de maneira igualmente misteriosa, envia-lhes o dia e a noite e a vida e a morte. "A imobilidade e a permanência não nos foram dadas", disse o pastor. "Não nos seriam úteis nem possíveis, e tampouco suportáveis. A lei da transformação não é apenas a lei da morte: é acima de tudo a lei da vida. Mesmo assim, sempre nos vemos surpresos e tomados de medo ante qualquer transformação que aconteça de maneira repentina e diferente daquilo que tínhamos imaginado... Não devia ser assim, meus irmãos. Devíamos pensar: o Senhor percebeu que

Doutor Glas 153

o fruto estava maduro, embora não nos parecesse, e deixou-o cair em sua mão..." Senti meus olhos umedecerem-se e ocultei minha comoção sob o chapéu. Naquele instante quase esqueci o que eu sabia quanto ao motivo para que o fruto tivesse amadurecido e caído tão depressa... Ou melhor: senti que no fundo eu não sabia mais a respeito do acontecido do que qualquer outra pessoa. Eu conhecia certos detalhes acerca dos motivos e das circunstâncias, mas um pouco mais além a longa sequência causal perdia-se na escuridão. Eu percebia a minha "proeza" como um elo da corrente, uma onda em movimento; uma corrente e um movimento que haviam começado muito antes do meu primeiro pensamento e muito antes do dia em que o meu pai olhou para minha mãe com desejo pela primeira vez. Senti a *lei da necessidade:* senti-a no meu corpo, como um fogo que atravessava o tutano e os ossos. Não senti nenhuma culpa. Não existe nenhuma culpa. O tremor que senti foi o mesmo que às vezes sinto na presença de música demasiado solene e grandiosa ou de pensamentos demasiado solitários e claros.

Por muitos anos eu não tinha entrado numa igreja. Lembrei-me de quando, aos catorze ou quinze anos, eu sentava naqueles mesmos bancos, rangendo os dentes com raiva do patife gordo e enfatiotado no altar, e pensava que aqueles disparates talvez durassem outros vinte, ou no máximo trinta anos. Certa vez, durante uma pregação longa e aborrecida, tomei a decisão de virar pastor. Eu achava que todos os pastores que já tinha visto e ouvido faziam um trabalho relaxado e que eu poderia fazer tudo aquilo muito melhor. Eu chegaria alto na hierarquia — seria bispo, arcebispo. E quando eu fosse arcebispo as pessoas enfim poderiam ouvir pregações divertidas! Haveria multidões na catedral de Uppsala! Mas antes que o padre chegasse ao "amém" minha história já estava acabada: eu tinha na escola um bom amigo, com quem falava a respeito de tudo; estava apaixonado por uma menina; e, além disso, tinha a minha mãe. Para ser bispo eu teria de mentir e fingir para todas essas pessoas também, mas seria impossível. Precisamos sempre ter pessoas com quem possamos ser sinceros... Ah, meu Deus... aquela época... a época de minha inocência! É estranho tentar reconstruir um estado de espírito e uma sequência de pensamentos de muitos anos atrás. Assim percebemos o passar do tempo. A lei da transformação, como disse o oficiante (que a propósito roubou a ideia de uma peça de Ibsen). É como ver uma antiga fotografia de nós mesmos. E continuei a pensar: quanto tempo ainda me resta para errar ao sabor do acaso nesse mundo de enigmas, sonhos e fenômenos que resistem à interpretação? Talvez vinte anos, talvez mais... Quem serei daqui a vinte anos? Se aos dezesseis anos, através de uma feitiçaria qualquer, eu houvesse ganhado um vislumbre da minha vida de agora, como teria sido? — Quem serei daqui a vinte anos, daqui a dez anos? O que hei de pensar sobre a vida que levo hoje? Nesses últimos dias tenho esperado uma visita das fúrias. Elas não apareceram. Acho que não existem. Mas quem sabe...? Talvez não tenham pressa. Talvez imaginem dispor de tempo suficiente. Quem sabe o que podem fazer comigo ao longo dos anos? — Quem serei daqui a dez anos?

Meus pensamentos começaram a esvoaçar como borboletas de asas sarapintadas quando a cerimônia se aproximava do

Doutor Glas 155

fim. O portão da igreja se abriu; as pessoas espremeram-se em direção à saída sob os dobres do sino; o caixão balançou e ondulou como um navio sob a abóbada do portão; e um vento fresco de outono soprou em meu rosto. Lá fora havia um céu de tons cinzentos e um sol pálido e magro. Senti-me eu mesmo também um pouco cinzento e pálido e magro, como acontece quando passamos muito tempo encerrados numa igreja, em especial nos funerais e nas comunhões. Fui até a casa de banho na Malmtorgsgatan para fazer uma sauna finlandesa.

Já despido, ao entrar na sauna, ouvi uma voz conhecida:

— Aqui está quentinho e aconchegante como numa pequena repartição do inferno. Stina! Escova daqui a três minutos!

Era Markel. Encolhia-se num estrado pouco abaixo do teto e ocultava as costelas descarnadas por trás de um exemplar fresco do Aftonblad.

— Não olhe para mim, disse ele ao me ver. Não se deve ver pastores ou jornalistas nus, segundo o pregador.

Enrolei uma toalha molhada ao redor da cabeça e me estendi num estrado.

— Por falar em pastores, Markel continuou, vi que o pastor Gregorius foi enterrado hoje. Você por acaso esteve na igreja?

— Sim, estou vindo de lá.

— Eu estava de plantão quando o comunicado da morte chegou. O homem que apareceu com a notícia tinha escrito uma longa história sensacionalista e citado o seu nome. Achei que era desnecessário. Sei que você não faz questão dessa publicidade. Refiz tudo e cortei a maior parte. Como você sabe, nosso jornal representa a opinião de pessoas esclarecidas e não

156 *Hjalmar Söderberg*

faz alvoroço por conta de um pastor infartado. Mesmo assim foi preciso escrever umas palavras bonitas, o que para mim nunca é difícil... "Simpático" se ofereceu como um elogio pronto, mas não era o bastante. Então pensei que o pastor devia ter gordura no coração ou alguma coisa do tipo, já que morreu de infarto, e assim consegui encontrar a característica exata: uma pessoa simpática e de coração enorme.

— Meu caro amigo, eu disse, você tem um belo dever nessa vida.

— É, mas você não deve fazer troça!, Markel respondeu. Vou dizer uma coisa a você: existem três categorias de pessoas — os pensadores, os jornalistas e o gado. É verdade que em segredo eu conto a maioria dos que se dizem pensadores e poetas entre os jornalistas, e maioria dos jornalistas junto com o gado. Mas a questão não é essa. A tarefa dos pensadores é buscar a verdade. Mas existe um segredo em relação à verdade que é pouco conhecido, embora eu pense que devia estar claro para todos; refiro-me ao fato de que a verdade é como o sol: o valor que tem depende exclusivamente da distância correta. Se os pensadores pudessem fazer como desejam, levariam nossa terra direto ao centro do sol e acabaríamos reduzidos a cinzas. Não chega a ser nenhuma surpresa que a atividade dos pensadores incomode o rebanho, que assim grita: apaguem o sol, apaguem-no, diabos! Cabe a nós, jornalistas, o dever de preservar a distância correta e necessária em relação à verdade. Um jornalista realmente bom (e existem poucos!) *raciocina* como o pensador e *sente* como o rebanho. Nossa tarefa é proteger os pensadores contra a ira do rebanho, e o rebanho contra

Doutor Glas 157

as doses excessivamente fortes de verdade. Mas reconheço que essa última tarefa é a mais fácil e a que melhor desempenhamos no dia a dia; e reconheço também que recebemos a ajuda valiosa de muitos pensadores fajutos e de outros tantos bois um pouco mais sábios...

— Meu caro Markel, respondi, essas palavras são repletas de sabedoria, e independente de nutrir a leve suspeita de que você não me inclui entre os pensadores nem entre os jornalistas, mas na terceira categoria, para mim seria uma grande satisfação jantar com você hoje à noite. No triste dia em que encontrei o pastor no quiosque de bebidas, andei por toda a cidade procurando você para fazer esse convite. Você consegue um tempo livre hoje...? Para um jantar no Hasselbacken?

— Excelente ideia, respondeu Markel. Uma ideia que mesmo sozinha bastaria para assegurar-lhe um lugar na categoria dos pensadores. Certos pensadores têm a finesse de esconder-se em meio ao rebanho. São o tipo mais requintado, e sempre contei você entre essas pessoas. Que horas? Seis horas? Excelente.

Fui para casa a fim de livrar-me das calças pretas e do lenço de pescoço branco. Ao chegar, fui recebido por uma agradável surpresa: o novo redingote que eu tinha encomendado na semana passada fora entregue em minha casa. Um colete azul salpicado de branco completava o conjunto. Seria difícil encontrar melhores trajes para um jantar no Hasselbacken em um dia bonito de verão. Mas eu estava preocupado com a aparência de Markel. Ele é completamente imprevisível nesses assuntos; num dia pode estar vestido como um diplomata e, no dia seguinte, como um vagabundo — pois conhece toda sorte de gente e está acostumado a movimentar-se em diferentes círculos sociais como se fossem os cômodos de casa. Minha preocupação não dizia respeito à vaidade nem à fobia social: sou um homem conhecido, tenho uma boa posição e posso muito bem jantar no Hasselbacken com um coche se me der vontade; no que diz respeito a Markel, sempre me sinto honrado com a companhia que me faz, sem jamais pensar na indumentária. Porém a visão de um traje desmazelado junto à mesa posta com elegância num restaurante fino atenta contra o meu senso estético. Pode acabar com boa parte do meu prazer. Existe gente importante que gosta de ostentar a própria grandeza frequentando esses lugares com as roupas de um catador de lixo: mas esse comportamento é indecoroso.

Eu tinha combinado de encontrar Markel junto ao relógio de Tornberg. Sentia-me leve e livre, rejuvenescido, renovado, como se houvesse convalescido de uma doença. O ar fresco de outono pareceu-me temperado com os aromas da minha juventude. Talvez fosse o cigarro que eu fumava. Eu tinha conseguido um tipo que me encantara em outros tempos, mas que eu não fumava há muitos anos... Markel estava de excelente humor; usava um lenço de pescoço que parecia uma pele de cobra verde e escamosa, e a impressão geral que causava era a de que nem o próprio rei Salomão pareceria tão chique quanto ele. Tomamos um coche e o cocheiro saudou-nos com o chicote, estalou-o para motivar a si mesmo e ao cavalo e então partiu.

Eu tinha pedido a Markel que, por telefone, reservasse-nos

Doutor Glas 159

uma mesa no deque da varanda; pois ele tinha mais autoridade do que eu naquele lugar. Passamos nosso tempo às voltas com uma aguardente, duas sardinhas e azeitonas em conserva enquanto definíamos o programa: *potage à la chausseur,* filé de linguado, codorna e frutas. Chablis; Mumm *extra dry*; Manzanilla.

— Você não apareceu no jantar de Rubin na quinta-feira?, perguntou Markel. A anfitriã sentiu falta sua. Disse que você tem um jeito encantador de permanecer calado.

— Eu estava gripado. Seria completamente impossível. Fiquei em casa jogando paciência a manhã inteira, e na hora do jantar fui para a cama. Quem estava lá?

— Um zoológico inteiro. Birck, entre outros. Ele conseguiu se livrar da solitária. Rubin contou a história: um tempo atrás, Birck tomou a decisão solene de mandar o trabalho no serviço público ao inferno e dedicar-se exclusivamente à literatura. Assim que a solitária teve notícia do assunto, esse sábio animal tomou outra decisão e saiu em busca de um novo mercado.

— E agora pensa em levar a decisão a sério? Refiro-me a Birck.

— Não. Simplesmente se alegra com o progresso já alcançado e continua na alfândega. E agora quer convencer a todos de que não passou de uma *ruse de guerre...*

Imaginei ter vislumbrado o rosto de Klas Recke em uma das mesas ao longe. De fato, era ele. Estava em uma *partie carrée* com um outro senhor e duas senhoras. Eu não conhecia nenhum deles.

— Quem são as pessoas que estão com Recke naquela mesa?, perguntei a Markel.

Ele se virou, mas não conseguiu enxergar Recke nem o restante da companhia. O murmúrio da clientela ao nosso redor foi ganhando intensidade junto com a música da orquestra, que executava a marcha de Boulanger. Markel tornou-se sombrio. Ele é um dreyfusista ferrenho, e percebeu naquela música um manifesto antidreyfusista coordenado por um pequeno círculo de tenentes.

— Klas Recke?, perguntou, retomando o assunto. — Não o vejo. Mas deve estar brincando com os futuros sogros. Acho que logo deve sossegar. Uma garota de posses cresceu os lindos olhos para cima dele. E, por falar em lindos olhos, sentei-me à mesa com a srta. Mertens no jantar de Rubin. Uma moça extraordinária e encantadora. Eu nunca a tinha encontrado por lá. Não sei bem por que razão, mas por acaso mencionei o seu nome, e assim que ela entendeu que éramos bons amigos, começou a falar o tempo inteiro a seu respeito e a me fazer todo tipo de pergunta que eu não sabia responder... Mas de repente se calou e vi que as orelhas dela enrubesceram. Não posso encontrar outra explicação a não ser que a srta. Mertens está apaixonada por você.

— Você está sendo meio apressado ao tirar essa conclusão, respondi. Mas fiquei pensando no que Markel havia dito a respeito de Recke. Eu não sabia no que acreditar: com frequência as coisas que Markel diz não têm nenhum fundamento. Ele tem esse defeito. E eu não quis perguntar. Porém continuou a falar sobre a srta. Mertens com tanto entusiasmo que aproveitei a oportunidade para fazer troça:

— Estou achando que quem está apaixonado é você... seu

Doutor Glas 161

colete está em chamas! Fique com ela, meu caro Markel... Não sou um rival à altura. Você não teria dificuldade para me tirar do páreo.

Markel balançou a cabeça. Tinha o rosto pálido e sério.

— Eu estou fora da partida, respondeu-me.

Eu não disse nada, e ficamos os dois em silêncio. O garçom serviu a champanhe com a solenidade de um eclesiástico. O prelúdio de *Lohengrin* começou a soar. As nuvens do fim do dia tinham se afastado e estavam dispostas em listras rosadas junto à linha do horizonte, porém o céu havia se revestido de um azul profundo e interminável — azul como aquela deslumbrante música azul. Eu a escutei e esqueci de mim. Os pensamentos e as ruminações dos últimos tempos, bem como a proeza em que haviam culminado, pareceram se perder naquela imensidão azul como se fossem distantes e irreais — como se estivessem separados e apartados de mim, e nunca mais fossem me preocupar. Senti que eu nunca mais desejaria nem seria capaz de fazer aquilo outra vez. Teria sido portanto um equívoco? Eu agira de acordo com o meu melhor juízo. Havia pesado e medido os prós e os contras. Eu tinha ido até o fim. Teria sido um equívoco? Já não importava mais. A orquestra de repente irrompeu no enigmático *leitmotif:* "Não hás jamais de perguntar!". Na mística sequência de notas e nessas cinco palavras imaginei ter a revelação súbita de uma sabedoria ancestral e oculta. "Não hás jamais de perguntar!" Não vás até o fim das coisas: assim hás de encontrar teu fim. Não procures a verdade: pois não hás de encontrá-la, mas apenas perder-te a ti mesmo. "Não hás jamais de perguntar!" A quantia de verdade que te pode ser útil chega-te de graça; mistura-se a equívocos e mentiras, mas é para o teu próprio bem; em estado puro, haveria de queimar-te as entranhas. Não tentes livrar tua alma da mentira; junto vai muita coisa que não havias imaginado, e assim perdes a ti mesmo e a todos aqueles que te são caros. "Não hás jamais de perguntar!"

— Para conseguir subsídios do Riksdagen para a ópera, disse Markel, é preciso alegar que a música tem uma "influência enobrecedora". Eu mesmo escrevi esse dislate numa coluna desse ano. Mas não deixa de ser verdade, mesmo quando expressa numa tradução compreensível aos nossos legisladores. O texto original diria: a música instiga e fortifica; enleva e confirma. Confirma o devoto na inocência, o guerreiro na coragem, o libertino no vício. O bispo Ambrosius proibiu as passagens cromáticas na música da igreja, porque de acordo com sua experiência pessoal essas passagens despertam fantasias incastas. Por volta de 1730 havia um pastor em Halle que via na música de Händel uma confirmação pungente da Confissão de Augsburgo. Eu tenho o livro. E um bom wagneriano constrói toda uma visão de mundo com base num motivo de *Parsifal*.

Havia chegado a hora do café. Alcancei a Markel o meu estojo de charutos. Ele pegou um charuto e observou atentamente o estojo.

— Esse charuto tem uma expressão séria, disse. Com certeza vai cair bem. No mais, eu estava meio preocupado com a questão do charuto. Como médico, você sabe que os bons charutos são os mais venenosos. Assim, pensei que talvez você fosse me oferecer uma porcaria qualquer.

— Meu caro amigo, respondi, do ponto de vista da saúde todo esse jantar é um verdadeiro atentado contra a razão. E, no que diz respeito ao charuto, esse pertence à escola esotérica da indústria tabagista. É feito para os escolhidos.

A clientela escasseou ao nosso redor, a iluminação elétrica foi acesa e o dia começou a escurecer lá fora.

— Ah, disse Markel de repente, agora eu vi Recke. Vejo-o no espelho. E está mesmo na companhia da moça que eu tinha imaginado. Quanto aos outros, não os conheço.

— E quem é ela?

— A srta. Lewinson, filha daquele corretor de ações que morreu este ano… Ela tem meio milhão de coroas.

— E você acha que Recke está pensando em se casar pelo dinheiro?

— De maneira alguma. Klas Recke é um homem refinado. Pode ter certeza que primeiro cuidou de se apaixonar perdidamente por ela, para depois se casar por amor. Sabe desempenhar tão bem esse papel que no fim o dinheiro vai surgir quase como uma surpresa.

— Você a conhece?

— Já a encontrei em duas ou três ocasiões. Tem uma bela figura. O nariz é um pouco afilado demais, e o juízo também. Uma moça que, com uma noção de honra incorruptível, mergulha nas águas de Spencer e Nietzsche e diz, "nesse e nesse caso ele tem direito, mas nesse e nesse caso o outro acertou na mosca"… Ela me perturba um pouco, e não é do jeito que eu gosto… O que foi que você disse?

Eu não tinha dito nada. Estava perdido em meus pensamen-

tos, e meus lábios talvez houvessem se movido no mesmo ritmo; talvez eu houvesse balbuciado qualquer coisa para mim mesmo sem nem ao menos dar-me conta... Eu a vi naquele instante — aquela em que penso o tempo inteiro. Eu a vi andar de um lado para outro no crepúsculo em uma rua vazia à espera de alguém que não vinha. E balbuciei para mim mesmo:
— Minha cara, tudo isso é seu. Você tem de passar por tudo isso sozinha. Eu não posso ajudá-la, e mesmo que pudesse, não ajudaria. Você tem que ser forte. Então pensei: é bom que agora você esteja livre e sozinha. Assim há de superar tudo com mais facilidade.

— Não, Glas, não dá mais, disse Markel, preocupado. Quanto tempo você acha que vamos ficar aqui sentados sem uma gota de uísque?

Toquei a sineta para chamar o garçom e pedi uísque e dois cobertores, porque havia começado a esfriar. Recke despediu-se da companhia e passou junto à nossa mesa sem nos ver. Não via absolutamente nada. Andava com os passos decididos de um homem que mira sobre o alvo. Havia uma cadeira no caminho; ele não a enxergou e sem querer derrubou-a. Tudo estava vazio ao nosso redor. Nas árvores ouvíamos o farfalhar do outono. O crepúsculo tornava-se cada vez mais cinza e mais próximo. E assim, enrolados em nossos cobertores como se fossem mantos vermelhos, permanecemos sentados falando sobre assuntos vulgares e elevados, e Markel disse coisas demasiadamente verdadeiras para que se pudesse registrá-las em papel, e que desde então esqueci.

Doutor Glas 165

4 DE SETEMBRO

Os dias vêm e vão, e são todos iguais uns aos outros.

E percebo que a indecência continua a florescer. Hoje, para variar, apareceu um homem que pediu minha ajudar para tirar a noiva de um dilema. Falou sobre antigas memórias e o reitor Snuffe em Ladugårdslandet.

Permaneci irredutível. Li para ele o meu juramento de médico. O sujeito ficou tão impressionado que me ofereceu duzentas coroas em espécie e uma nota promissória na mesma quantia, bem como um juramento de amizade eterna. Foi quase comovente; o homem dava a impressão de passar necessidade.

Mandei-o embora do consultório.

7 DE SETEMBRO

Da escuridão à escuridão.

Vida, eu não te entendo. Às vezes sinto uma vertigem espiritual que balbucia e sussurra, dizendo-me que estou perdido. Acabei de me sentir assim. Peguei então os autos do processo: as folhas do diário em que interrogo as duas vozes em meu âmago — a que quer e a que não quer. Reli-as muitas e muitas vezes e não pude chegar à outra conclusão senão a de que a voz a que por fim obedeci apresentava o timbre correto, e de que a outra era vazia. A outra voz talvez fosse mais sábia, mas eu teria perdido toda a consideração por mim se a tivesse obedecido.

E mesmo assim — mesmo assim —

Comecei a ter sonhos com o pastor. Era um desdobramento previsível, e justamente por esse motivo surpreendeu-me. Imaginei que escaparia, justamente por tê-lo previsto.

*

Entendo que o rei Herodes não gostasse dos profetas que despertavam os mortos. No mais, tinha os profetas em alta conta, mas essa ramificação da atividade causava-lhe desgosto...

*

Vida, eu não te entendo. Mas não digo que seja culpa tua. Parece-me mais provável que eu seja um mau filho do que tu sejas uma mãe indigna.

E por fim tive um pressentimento: talvez não seja dado ao homem compreender a vida. Todo esse anseio por explicar e compreender — toda essa caça à verdade talvez não seja mais do que um erro de percurso. Abençoamos o sol porque vivemos a uma distância que nos é útil. Se estivesse milhões de quilômetros mais perto ou mais longe, haveríamos de queimar ou então congelar. E se com a verdade fosse como é com o sol?

Doutor Glas 167

Segundo um velho mito finlandês, quem vê o rosto da divindade precisa morrer.

E também Édipo. Resolveu o enigma da esfinge e transformou-se no mais desgraçado entre os homens.

Não hás de desvendar enigmas! Não hás de perguntar! Não hás de pensar! O pensamento é um ácido que corrói. No início pensamos que corrói apenas as coisas podres e doentias que estão fadadas a desaparecer. Mas o pensamento não pensa assim: corrói tudo aquilo em que toca. Começa com uma presa que de bom grado oferecemos, mas não devemos pensar que seja o bastante para saciá-lo. O pensamento não para enquanto não tiver mastigado tudo aquilo que nos é caro.

Talvez eu não devesse ter pensado tanto; seria melhor ter continuado os meus estudos. "As ciências são úteis porque impedem os homens de pensar." Foi um cientista quem proferiu essa frase. Talvez eu também devesse ter vivido a vida, como se costuma dizer, ou então ter "aproveitado a vida ao máximo", como também se costuma dizer. Eu devia ter andado de esqui e jogado futebol e vivido uma vida sadia e alegre com mulheres e amigos. Eu devia ter me casado e posto filhos no mundo: devia ter cumprido os meus deveres. Essas coisas transformam-se em pontos de apoio e de amparo. Talvez eu tenha cometido uma estupidez ao não participar da política e não comparecer às eleições. Além do mais, a pátria também nos faz exigências. Mas para isso talvez ainda haja tempo...

O primeiro mandamento: não hás de compreender demais.

Mas quem compreende esse mandamento já compreendeu demais.

Sinto vertigem — tudo gira ao meu redor.
Da escuridão à escuridão.

9 DE SETEMBRO

Nunca a vejo.

Com frequência passo um tempo em Skeppsholmen simplesmente porque foi onde lhe falei pela última vez. Hoje subi no monte onde se localiza a igreja para ver o pôr do sol. Ocorreu-me que Estocolmo é uma cidade bonita. Eu nunca tinha pensado muito a esse respeito. Sempre consta nos jornais que Estocolmo é uma cidade bonita, e assim não nos deixamos acreditar.

20 DE SETEMBRO

Hoje, no jantar oferecido na casa da srta. P. , falou-se a respeito do noivado iminente de Recke como se fosse um assunto de conhecimento público.

...Torno-me cada vez mais impossível na companhia de outras

Doutor Glas 169

pessoas. Esqueço de responder quando falam comigo. Muitas vezes não escuto. Será que minha audição deteriorou-se?

E essas máscaras! Todos andam com máscaras por toda parte. Como se não bastasse, é o grande mérito de todos. Eu não gostaria de ver-lhes os verdadeiros rostos. Ah, nem mesmo de mostrar o meu! Não para os outros!

Mas então para quem?

Fui embora o mais cedo que pude. Enregelei-me ao caminhar de volta para casa; de repente as noites tornaram-se frias. Acho que vai ser um inverno frio.

Eu caminhava e pensava nela. Lembrei-me da primeira vez que me procurou e me pediu ajuda. Da maneira como se revelou e traiu o próprio segredo, mesmo que não houvesse a menor necessidade. Como as faces dela coraram naquela vez! Lembro-me de ter dito: "essas coisas devem permanecer ocultas". E ela: — Eu *queria* falar. Queria que o senhor soubesse quem eu sou. — E se eu agora a procurasse no momento de necessidade, como ela procurou a mim? Se eu a procurasse e dissesse: não aguento mais saber sozinho quem eu sou, não aguento mais andar o tempo inteiro com uma máscara para os outros! *Preciso* me revelar para alguém; *alguém* precisa saber quem sou...

Ah, nós dois acabaríamos loucos.

Andei a esmo pelas ruas. Cheguei à casa onde ela mora. Havia luz numa das janelas. As cortinas não estavam baixadas; ela não precisa delas, pois do outro lado da rua há somente grandes terrenos com depósitos de madeira e outras coisas do tipo — ninguém vê o interior da casa. Eu também não vi nada, nenhum vulto escuro, nenhum braço, nenhuma mão que se movimentasse — apenas o lume amarelo de uma lâmpada na cortina de musselina. Pensei: o que está fazendo agora? Com o que se ocupa? Estaria lendo um livro? Sentada com o rosto apoiado na mão, pensando? Ou ajeitando os cabelos para a noite...? Ah, se eu estivesse lá dentro, se eu pudesse estar com ela... Deitar-me lá dentro, observá-la e esperar enquanto ajeita os cabelos em frente ao espelho e aos poucos solta os laços da roupa... Porém não como um início, não como uma primeira vez, mas como o instante de um costume antigo e aprazível. Tudo que tem um começo também precisa ter um fim. Isso não devia ter começo nem fim.

Não sei por quanto tempo permaneci imóvel como uma estátua. Uma nuvem ondulante, iluminada de leve pelos raios do luar, se mexeu devagar acima da minha cabeça como um panorama longínquo. Senti frio. A rua estava vazia. Vi uma dama da noite sair da escuridão e se aproximar de mim. Quando já tinha quase me passado, ela se deteve, virou-se e me encarou com olhos famintos. Balancei a cabeça: então se afastou e sumiu na escuridão.

De repente ouvi o rumor de uma chave na fechadura do portão; ele se abriu e um vulto escuro deslizou para fora... Seria mesmo ela...? Saindo no meio da noite, sem ter nem ao menos apagado a lâmpada...? O que seria aquilo? Tive a impressão de que o meu coração havia parado. Eu queria ver para onde ela ia. Segui-a devagar.

Ela foi até a caixa de correio na esquina, postou uma carta e se apressou de volta para casa. Vi o rosto dela sob a luz de um lampião: estava pálida como cera.

Não sei se me viu.

*

Ela jamais será minha; jamais. Nunca fiz aquelas faces enrubescerem, e não fui tampouco eu quem as deixou pálidas agora há pouco. E ela nunca há de galgar a rua à noite com o peito tomado de angústia tendo na mão uma carta com o meu nome.

A vida passou por mim.

7 DE OUTUBRO

O outono trouxe a ruína das minhas árvores. A castanheira defronte à janela já está desfolhada e preta. As nuvens deslizam em pesados bandos acima do telhado, e nunca vejo o sol.

Providenciei cortinas novas para o meu estúdio: são brancas. Quando acordei hoje pela manhã achei que tivesse nevado; a luz no interior do quarto era idêntica à da primeira neve. Imaginei ter sentido o cheiro de neve recém-caída.

E logo a neve virá. Percebe-se no ar.

Será muito bem-vinda. Que venha. Que caia.

Tradução
Guilherme da Silva Braga

Revisão
Vanessa C. Rodrigues

Capa
Rafael Silveira

Esta tradução recebeu o apoio financeiro do
Conselho Nacional de Cultura da Suécia
(Svenska Kulturrådet).

© Arte & Letra 2014

Todos os direitos reservados. Proibida a reprodução, no todo ou em parte, através de quaisquer meios.

S679d Söderberg, Hjalmar
         Doutor Glas / Hjalmar Söderberg ; tradução de Guilherme
    da Silva Braga. – Curitiba : Arte & Letra, 2014.
    176 p.

    ISBN 978-85-60499-52-6

    1. Literatura sueca. 2. Romance. 3. Ficção I. Braga,
    Guilherme da Silva. II. Título.

                             CDU 821.113.6

Arte e Letra Editora
Alameda Presidente Taunay, 130b
Batel - Curitiba - PR - Brasil
CEP: 80420-180
Fone: (41) 3223-5302
www.arteeletra.com.br - contato@arteeletra.com.br